ENNE

Inchiesta sulla nuova
criminalità 2.0

Biagio Simonetta

氮

犯罪2.0

〔意〕比亚吉奥·西蒙内塔
邓婷 译

上海文艺出版社
Shanghai Literature & Art Publishing House

目录

序幕　90 年代的交易

搏击俱乐部的首要规则：

绝不能谈起搏击俱乐部。

——恰克·帕拉尼克,《搏击俱乐部》

那是夕阳斜照、人影修长的时刻，汽车车灯撕裂了傍晚的第一片黑暗。车辆在106国道上横七竖八地穿行，两排歪歪扭扭的路灯慵懒地发出忽明忽暗的微弱灯光。意大利南部克罗托内市北郊的小镇帕索维奇奥还是一如既往的那个样子。一个建得毫无章法的破邮局夹在一栋栋永远不会完工的烂尾楼之间。这里的家家户户都被持续不断的北上移民潮绑架，他们的居所自然也就变得荒废空芜。大家纷纷北上艾米里亚·罗马涅亚、伦巴第、威尼托，甚至前往更北边的德国巴伐利亚或斯图加特，那些千篇一律的富裕工业区，那些天空从来不会微笑的地方。这里的所有人都知道什么叫做起程，品尝过准备行囊的苦涩味道，却从来不是为了度假。

据说有时候只要看看周围的房子，就能明白自己所处的是什么样的地方。帕索维奇奥就是如此。那天晚上，我比以往任何时候都更加仔细地审视着每一栋房子、每一扇窗户，想象着千沟万壑的脸庞，餐厅里打开的电视，还有那些遥远的往事。

汽车如箭飞驰，掠过一个个被蔓草吞没的农舍，谁知道开往何处。一块写着“出售”的旧牌子毫无指望地挂在一个没有灯光的阳台上。我们就躲在阳台上观看比赛，身体里充斥着肾上腺素和无意识。安德烈很肯定地表示在爬上阳台之前已经将那台大黄蜂摩托车藏好了。我们并排坐下，抽着蓝波迈烟，盯着眼前的场景。

舞台背景是城市的灯光，一闪一闪地隐约勾勒出海湾线。如果有闲情雅致，倒是可以找出一些诗意的元素，毕竟那里是毕达哥拉斯生活过的地方，就是那里，大希腊的土地。然而，发动机加热的轰鸣声和两三醉汉的叫嚷声毫不留情地破坏了一切诗情画意。

那天我们等了很久。那是1995年的夏天，我和安德烈都只有14岁，第一次观看汽车赛。地下赛车当然也有比赛规则，但是违反规则并没有什么严重后果，相反，还可能有助于赢得比赛。马路上突然不知从哪里冒出两台特别拉风的菲亚特UNO Turbo，全部经过贴地改装，简直就是紧贴着沥青路面。那是穷人玩的《速度与激情》，然而，对我们而言，那简直就是世界上最疯狂的事情。

比赛不过持续了一罐啤酒的时间，略显粗糙的两台赛车一眨眼就消失在山丘后面，离我们的期望值相距甚远，留给我们的仅仅是对赛车盛会的失望。痴迷于发动机的安德烈开始对我狂轰滥炸，满嘴他那套汽车理论，什么改装控制器，什么只要小小伎俩就可以多赢得20公里的时速，进而产生质的差别。我努力跟上他的思维，但是机械从来不是我的强项，他的长篇大论很快就变成左耳进右耳出的嗡嗡声。

那场比赛显然让他大失所望，白费了那么多心机来观看。

“两台破车。要是疯哥在，他们只配吃灰！”他反复地跟我重复这句话。

“没错，疯哥是不可战胜的。”我几乎筋疲力尽地表示赞同。

疯哥是季诺的绰号。那家伙很怪，常年穿同一件皮夹克。他就和《速度与激情》里的那个疯哥[①]一样，几乎是个超现实的人物，本地关于他的传说比比皆是。他的UNO Turbo在全省都找不到对手，由此引发了人们更多更荒诞的想象。他那台UNO前盖下面到底配置着怎样一台发动机始终是人们茶余饭后的热点话题。每个人都有自己知道的真相，告诉别人时总是压低声音，将自己

---

① Fonzie，在电影《速度与激情》中译为“小丑”。——译者注（以下同）

的“真相”渲染得更加可信。

如果有疯哥参加比赛，那晚的赛车必定是完全另外一番景象，一场精彩得多的盛会。

然而，那晚也并非毫无看点。那场鸡肋赛车匆匆落下帷幕，根本没有燃起我们心中的半点激情，好在比赛随赠了另一场不期而至的表演。

那条路是著名的白粉之路，也就是海洛因泛滥的地方。在人行道上交易的毒贩子也会提供大麻和哈希什，以便和刚刚开始接触大麻上瘾的少年搭上线，从那里起步，培养忠诚客户，对抗瞬息万变的市场。

这一常规时不时会被宪兵突击打破。然而，不出几个小时，克罗托内的光荣会[①]就会重新拼接好拼图，一切恢复如初，毫无差池。街头广场哪怕闲置一天都是不可想象的。毒品交易不允许歇火，巨大的交易额也证明

---

① 卡拉布里亚大区的光荣会（’Ndrangheta），以及下文提到的那不勒斯的卡莫拉（Camorra）和西西里的黑手党（Cosa Nostra）是意大利主要的黑帮组织。

了这一点。在警察行动之后，帮会希望而且必须立刻对内部力量和牢靠程度进行检查，将拼图的每一块摆回正确的位置。一个有能力在短短数小时内找到新毒贩顶替职位的组织以此向自己的领地发出强有力的信号，让大家明白谁在发号施令，谁才是真正的领主。克罗托内由帮会统领，而非国家，这一点从来都没有争议。

这里的小马仔都是在路易吉·吴仁纳的时代听着“油罐”路易吉大叔的传说长大的。路易吉大叔是克罗托内光荣会的核心人物。他是绝对的老板，没人敢直呼其名，一生拥有无数个女人和20多个子女。他不可动摇的领袖生涯随着他在1974年被捕入狱而中断，因为他涉嫌一项非常严重的犯罪行为。路易吉大叔指使他人谋杀了一对兄弟：10岁的萨瓦托雷·费乌达莱和19岁的多梅尼克·费乌达莱。他们的父亲是“石油大佬”翁贝尔托·费乌达莱，一位从事烟草走私的有头有脸的人物。一天，在一场进入白热化阶段的混战中，翁贝尔托开枪打死了路易吉大叔的一个儿子卡洛杰罗·吴仁纳，随后以极其羞辱的示威方式开车从他身上轧过。路易吉大叔以牙还牙，报复性地结果了仇人的两个孩子。1973年9月23日，他的手下在克罗托内闹市区的集市广场上将两个孩子杀害。这起血腥谋杀案触动了正直的克罗托内民众的良知。吴仁纳的帮会也因这一惨剧付出了代价，不得不进行重组，并将这一地盘让给本省的黑帮家族。卡波利祖托岛、库特罗和佩蒂利亚三个市镇成为新犯罪地图上的重要据点。该结果自然也适用于毒品交易。地盘重新划分，新老板驾临。然而，海洛因的贩卖并未因此放缓节奏，海洛因什么时候都有。

那是90年代初的交易。那个年代还没有手机、互联网、脸书、WhatsApp之类的东西。那个年代离颠覆常规生活的科技新时代还很遥远。现在回想起来，那个时代和当下是如此的不同。这一不同也体现在如何买一剂海洛因扎进自己的血管。

帕索维奇奥的毒贩无时无刻不在守卫着自己的地盘，就像在工厂一样轮流上班，不论春夏秋冬，不论晴天雨日，不论酷暑严寒，都不会有所改变，因为瘾君子随时可能光顾，不会提前通知。离开驻守的广场超过两三个钟头就足以让白粉君改换门庭。帕索维奇奥不允许这样的事情发生。

帕索维奇奥是工厂区，北方的大集团于上世纪20年代在此兴建了一片工厂。然而到了世纪末，经过几十年的运作和对土地的毒害，这些工厂走向了缓慢而宿命的衰落。那天晚上，工厂的大烟囱慵懒地吐着气，在见证了一场地下赛车之后，又目睹了一场漫长的毒品交易剧。

帕索维奇奥境内的瘾君子三三两两地分批抵达。一台黄色菲亚特127在路边停车，一名毒贩微笑着走近车窗。十几秒后，汽车重新开动，伴随着发动机加热的声音。就在汽车慢慢加速离开的时候，黄色的车灯激发了安德烈的好奇心。

“这些家伙到底干了些什么？居然给一台 127 装黄色的车灯？”

我问他为何大惊小怪，他瞪着我，做出一个挑衅的鬼脸，仿佛不能容忍我这般无知。他有点不耐烦地跟我解释：“黄色车灯只会装在法国车上，是法国佬二战时期的发明，用来区分本国车辆和外国车辆。可是这发明真他妈恶心！黄灯不管在横向还是纵向都会改变人的感知判断。”

他的这番话我至今记忆犹新。

最后，他总结道：“这帮人不仅是瘾君子，还是一帮装逼蛋。”

那台 127 又停了下来，就在我和安德烈藏身看地下赛车的农舍附近，不过几米之遥。眼看着从车上下来 6 个人，我们面面相觑，担心他们也要进这个破房子。不过，看着他们走路的样子，我们意识到舒适度并不是他们的首要需求。那6个僵尸朝着路沿狂奔，其中一个还没开始嗑药，就已经呕吐不止了。他们毒瘾发作了。这个时候没了毒品，足以让你生不如死：耳鸣犹如身处地狱，肠子仿佛爬到了嗓子眼，凉气穿透全身，从发尖至脚底。这个时候你不想要别的，只想打一针海洛因。针头刺破血管，血液迅速染红针管，然后将活塞慢慢往下推，一滴一滴地注射海洛因。快感瞬间降临，遍布每一个毛孔。每一次都是这样，包括那天晚上。

我们的眼球被那一幕牢牢抓住，不过随后的一阵警笛声转移了我们的注意力。警笛声从远处市中心的方向传来，声音时大时小，如同小孩的呜咽声。马路上传来的刺耳的急刹车和喇叭声彰显了司机的满腹焦虑，也吸引了我的注意力。待我回头一望，才发现毒贩子们早已不见了踪迹。他们消失了，仿佛蒸发在佩尔图索拉南部工厂基地的烟囱浓雾之间。那台黄色的127也已经重新发动，正准备离开。大家原本以为这是帕索维奇奥的又一次突击缉毒行动，不料仅仅是一台救护车经过。

“操你妈！”有人嚷嚷道。

克罗托内的那一夜至今已经过去大约20年，安德烈离开人世也有一段时间了。刚过完18岁生日的一天晚上，他开着他火红色的阿尔法156送我回家，正嗨得不亦乐乎。人生对他从来就没有慷慨过。他的弟弟来到人世又匆匆离开。12岁那年，肺癌又夺走了他父亲的生命。好在此后的生活仿佛慢慢步入正轨。经过长期不懈的追求，他终于赢得了弗朗切斯卡的芳心，那可是他从初中时代就一直梦寐以求的姑娘。他还在他舅舅瓦尔特的修车行里找到一份差事，方圆几里内的年轻人都把自己的摩托车送去他那里改装。安德烈是车行的头块招牌，用他无人能及的娴熟技术装配博里尼牌的零配件和里奥文斯牌的消声器。瓦尔特很为他骄傲，一笑起来就会露出满嘴烟熏的黄牙。

原本等弗朗切斯卡读完会计，他们就要结婚了。安德烈告诉我的时候，双眼闪烁着光芒。

在他生命的最后一段时间，我们见面的次数越来越少，大家都在为已然完全不同轨迹的生活奔忙。那年我高中毕业，完全沉迷于美国文学。那天晚上，就在我家楼下，我们一起抽着烟，谈着各自的梦想。我告诉他经济系的入学考试真的让我害怕得要死，而他却拿我在本地报纸上初发表的几篇文章开涮。他不喜欢我想当记者的念头。他说这个职业招人烦，多管闲事往往是被人砍的绝佳托词。

他从我家离开，原本我们第二天早上还要在修车行碰面，因为我打算给他送一张大门乐队的旧 CD，那是他非常喜欢的乐队。然而，那晚是我最后一次见到他，因为十几分钟之后，他便离开了人世。他开着车回家，不小心冲下了悬崖。当场毙命，医生如是说。他就这样揣着自己的梦想离开了。我们还有太多的话要对彼此倾谈，可他就这样撒手人寰了。

也许因为这个缘故，今天晚上我回到了克罗托内。帕索维奇奥早已不复当年的模样。废弃的工业区杂草丛生，多年前的那晚收留两个少年观看地下赛车的旧农舍已经不在了。就在那块地上，他们建起一座庞大的厂房，白天生产门窗固定器，而现在这个时间，厂房里的灯已经熄灭，只剩下路灯费力地照亮着沥青马路。路上再也没有黄色的127，既不见了瘾君子，也不见了毒贩子。如今再也用不着昔日那些不分昼夜驻守广场的毒贩子了。他们已经成为历史。近年来的毒品交易体系发生了翻天覆地的变革，不止在克罗托内。科技的日新月异改变了我们的生活，也改变了犯罪活动。在这种情况下，黑帮的变色龙属性在其强大的实力烘托下彰显无疑。

今天，毒品已经从广场和街头消失；今天，毒品直接送货上门，不会引人怀疑；今天，毒品是无形的，不露痕迹，不留姓名；今天，毒品就是无色无味的氮气。

第一章　2.0 版交易

"互联网是上帝的恩赐。"

——教宗方济各

托尼吸食了过量可卡因。他已经完蛋了，活死人一个。不过可卡因让他感觉自己不可战胜，有如获得了永生。他浑身鲜血淋漓，已然无路可逃。他从自己豪华别墅的封闭式阳台内不断地大声嚷嚷："来啊，狗娘养的！要想干掉我，起码得派一支军队来。你们以为在和谁开战呢？我可是托尼·蒙塔拿。我还没死呢！"亚历桑德罗·索沙德的手下，一个叫做"骷髅头"的家伙，戴着墨镜，迈着猫步，走到他身后，手持着可以击穿混凝土的招牌式锯猎枪。托尼死定了。骷髅头扣动扳机，发出砰的一声枪响，子弹正中他的腹部。托尼掉进自己的泳池一命呜呼。他的尸体正上方矗立着一尊雕塑，上面写着：THE WORLD IS YOURS。世界是你的。

我强迫症似的反复看着电影《疤面煞星》的结局。结束，倒回去再看。好比一种生理需求，一种折磨。导演布莱恩·德·帕尔玛感知到了一切。那句话如此直接，“世界是你的”，完美地诠释了几周来一直困扰我的思绪。看见这句话出现在屏幕上时，我感受到了一种奇怪的愉悦感。如果没有这一句该死的表述，还有什么能更好地概括毒品交易的演变，以及毒贩的新角色呢？德·帕尔马是个预言家。网络毒贩们应该去认识他。或许他们早就听说过他的大名了。

如今，一个成功的毒贩子不需要从早到晚地在街角广场上蹲点，不需要为了等买家风吹雨淋几个钟头。他只要一部再普通不过的智能手机，有 3G 网络即可。世界就在他的手中。世界是他的！

2.0 版的毒品交易利用脸书或者 WhatsApp 的即时

信息功能。毒贩子和买家直接联系，敲定交易的时间、地点和数量。毒品通常是送货上门，不再需要钻进一台6人座的黄色菲亚特127来追逐内心的平静和满足。

网络交易促使可卡因实现了激烈而彻底的爆炸性传播，由于有了全新的即时通讯工具，毒贩子可以百分百满足客户日益苛刻的需求。毒品消费者不再是脏兮兮的海洛因吸食者，缩在省道的路沿上，只管吸毒而不在乎其他任何东西。如今，吸毒需要谨慎和正常化。可卡因吸食者不喜欢暴露自己，90年代并非如此。那个年代，你一看他的脸，就知道他是不是毒品依赖者，因为海洛因会摧毁你，将你变成一条虫。然而，可卡因是魔鬼。它在你的身体里作业，消磨你，但是并不露面。一名可卡因吸食者并不能轻易地被辨认出来。他会想尽一切办法不被人揭开面具，因为他很可能有需要捍卫的名声，有需要守护的家庭或女友。他也许是医护人员，吸食可卡因只是为了值夜班时保持清醒，以免被瞌睡虫杀死；

他也许是一名火车司机，一个星期往返3次卡塔尼亚和米兰，多亏了可卡因，在凌晨4点的时候，他还能将眼睛睁得大大的，穿越佛罗伦萨与博洛尼亚之间的隧道；他也许是一名酒吧招待，一天得有16个小时守在吧台后面，就像我的酒吧招待齐柯一样，我后面会再讲到他。

如今，大部分吸食可卡因的瘾君子过着再平常不过的日子：学生、加油站小哥、卖报纸的、酒吧招待、失业者、商人、职业经理人、家庭主妇、政客。20年前那样的毒品交易广场根本不可能满足生活习惯大相径庭的客户群体的需求。医护人员绝对不会去驻守在公园的毒贩那里买可卡因，职业经理人也绝不会在帕索维奇奥露面。

如今，网络交易向潜在的终端新客户张开了双臂。科技为那些多年前一想到从毒贩子身边走过都会害怕的人们打开了地狱之门。人们害怕出现在巡警的照片里，或者成为那些什么都干得出的愚蠢瘾君子的目标。如今，这样的危险都不存在了，尽管存在其他的风险，但不是这些。犯罪组织将供货模式化和标准化，他们懂得提前交货，以巨大的企业家精神来判断新科技渠道的潜能。

移动通讯科技彻底改变了毒品零售业。八九十年代，毒品交易员是犯罪集团的一分子。他们不会逾越森严的内部等级，不会和大老板直接联系，却在为帮会做事。他们是领薪水的员工。那个时候根本不可想象会有什么自主交易员。谁想要滑头，下场都不会好看。帮会组织对街头广场实行密不透风的严格控制。

然而，近年来，在从生产商到最终用户的长长的毒品产销链上，黑帮为一个新层级释放了空间，那就是“散户”毒贩。零售市场已经向跟光荣会、卡莫拉和黑手党完全无关的贩毒者开放。意图非常清晰：毒品贩卖者转化成了普通人，买家会感觉更加自在；目标非常明确：如今，谁都可以是一个潜在的可卡因毒贩。

有些瘾君子自己就在贩卖可卡因，以此来维持生活的正常轨迹：一个流动商贩需要靠这个养家糊口，一个延期毕业的大学生需要靠这个交学费，一个领着微薄薪水的窘迫工人需要靠这个支付房贷。所有这些人都不是帮会成员，但是他们的活动每天都在为黑帮组织的营业额作贡献，因为市场上的可卡因总是来自相同的渠道，也就是黑帮的渠道。

对于黑帮组织而言，知道谁在交易、怎么交易、交易多少已经不再重要。他们的兴趣点停留在更高的层面，停留在大的销售网络上。地域不过是标注数字的拼图图块。米兰、罗马、佛罗伦萨、那不勒斯变成了毒品交易地图上一些简单的数字。在光荣会家族吹嘘自己百年传统的市镇阿夫里科、普拉提和林巴蒂，那些哥伦比亚制造的粉末为他们带来了滚滚财源。然而，米兰吸食可卡因的学生和卖给他可卡因的同学连林巴蒂在哪里都不知道。米兰格拉托索里奥街区的小混混们，16 岁的时候以为自己可以掌控世界，只因为他们知道如何卖可卡因，而根本不会去考虑可卡因出现在他们的街区，是因为这些庞大臃肿的黑帮组织。那些房间里挂着法尔科内[①]海报的罗马高中生美美地抽着大麻，大概也不会知道就连1克哈希什的利润也将落入黑帮的腰包。

当我再度回想起帕索维奇奥的毒贩时，我心中思忖，他们当中到底有多少人时隔20年还在从事这份工作。他们是如何改变毒品贩卖的习惯的。离卖出一剂海洛因，换得某个瘾君子又脏又皱，且被汗水浸渍的20000里拉的时代，感觉好像过去了一个世纪那么久。如今，就连一小条可卡因也可以通过网络交易；如今有专门为吸毒者设计的在线平台，可以用可充值的Postepay[②]或者比特币（一种电子货币，我们稍后再谈）

① Giovanni Falcone（1939—1992），意大利法官，生前致力于反黑手党活动，最终被黑手党谋杀。

② 意大利邮政支付卡，类似于银行卡，但充值方法多样，包括第三方无记名充值。

预存支付。是的，为吸毒者设计的在线平台，如今已经有几十个了。

名气最大，或者应该说最臭名昭著的在线平台叫做丝路网（Silk Road）。这是全世界最大的网络交易广场，其实是一个再普通不过的电子商务网站，只不过其出售的产品一点也不普通。“丝路”出售的是毒品。

连接丝路网并不容易。如果没有提前查看博客上的经验帖，简简单单在谷歌上搜索并不会有结果，普通搜索根本就搜不到该网站网址。为吸毒者设计的这一网络新平台是地下网络的一部分，又名“黑网”或“深网”。那是一个隐形网络。一条平行的银河，不留痕迹地生长，推动着脏钱流动。

想要浏览丝路网一类的网站，需要一个叫做 TOR（The Onion Router，即洋葱路由器）的软件平台来保证用户的匿名性。该软件提供的服务并不违法，为网络自由或终极隐私的爱好者设计，保护用户免受路由器网络的流通分析。TOR，正如设计者的初衷，是一个网络监管系统，阻止别人查看你的网络连接，从而追踪你上过什么网站，与此同时，也阻止你浏览的网站反过来追踪你的实际位置。这一软件可以对笔记本电脑和服务器之间的数据流通进行过滤，通过一组路由器，创建一个层层环绕的“虚拟电路”，就好像洋葱一样。这样，没有任何人可以查获数据的来源和终点。TOR 让你变成隐形人，让你变成氮气。

安装 TOR 并不像发送一封电子邮件或在 YouTube 上搜索法布里·菲布拉的最新单曲那么简单。安装过程需要其他的附加步骤，当然也不至于要求你拥有黑客的能力，只要谷歌一下就可以找到详细的安装指南，告诉你如何下载并安装该软件。然后，游戏就准备就绪了。所有那些藏于深网里的坏东西只需要轻轻一点，全都唾手可得。

正如我前文所说，TOR 是一个合法的软件，并不是专门为保护从事网络犯罪的匿名者而设计。然而，这一软件无意间变成了网络黑帮不可或缺的工具，因为网络匿名者实际上并不存在。网络的基本原则就是其可追踪性。每天出现在网络上的一步操作、一次点击、一次滚动、一封电邮、一则评论、一条状态更新、一个视频下载，都会留下痕迹，记录这些操作的网络服务业者有义务将这些操作保存至少 24 个月。两年的浏览记录留在那里，唾手可得。因此，TOR 具有决定性的作用。打个比方，缺少了 TOR，丝路网就不可能存在；而缺少了丝路网，毒品的网络交易就失去了意义。

美国参议员查克·舒默认为，丝路网“是我们所见过的最为厚颜无耻的网络毒品贩卖的尝试，比任何其他东西都要厚颜无耻很多个光年”。浏览，选货，标明数量，用虚拟货币付款，然后你就可以舒舒服服地坐在家里收货。很简单，就像在亚马逊上买一本书，或者在 eBay 上买一台车载音响。那里对于毒品卖家而言简直就是天堂，他们只要窝在沙发上喝喝啤酒，打打电玩，就足以发家致富；对于那些不希望暴露身份的消费者而言，这样也可以满足他们不和卖家直接接触的心愿。在丝路网上，你就是一个猜不透底细的违法者，一个隐秘的位元，一个在几秒钟之内改变了 n 次的未知数字。你既没有面容，也没有名字，无色无味。

你如同氮气一样。

丝路网，正如那个连接中国和西方，跨越陆地、河流与海洋的 8 万公里的网状商路一样，是一条当代的毒品之路。你在上面可以找到一切：大麻、海洛因、85% 纯度的可卡因、刚刚上市的摇头丸；还有犀利士和伟哥。由于有了这一服务，犯罪集团成为毒品电子商务的绝对主人。网站保证匿名交易，并确保随时发货，甚至在交货有误的情况下为买家提供赔付服务（交易额的 50%）。

互联网无法将某些特定的网络交易拦在门外，这是早就可以预见的事情。一个 eBay 模式的真正的毒品市场曾经是一个看似过于大胆的假设，然而如今，这样一条丝绸之路真实存在，有如魔鬼般邪恶。

如果只是看一眼丝路网的版面，其实和一般的电子商务网站并无二致。

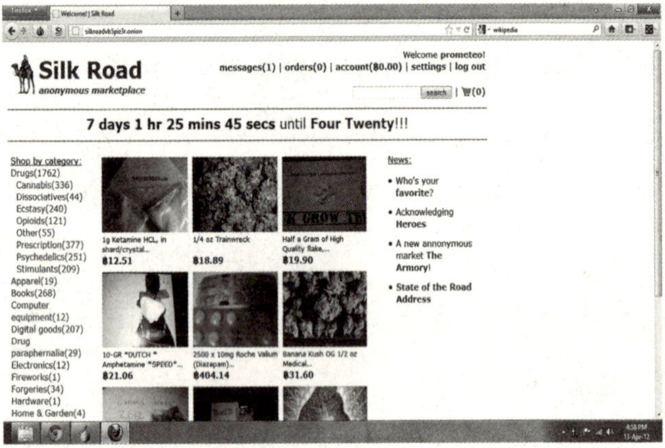

上面既有产品的照片、特征和价格，也有买家的评论，和 eBay 一模一样。“卖家”信用度由“买家”决定。

他们可以在卖家页面上留下反馈意见，正面评价越多，越能吸引更多的吸毒者向该卖家购买，而那些鲜有评论留言的卖家页面则较难打开局面，吸引买家在此购买。

你可以在谷歌上搜索到使用说明，指导你如何一步一步进入网站，并最终完成购买。一个文件名为“如何加入丝路网的匿名集市”的小小 pdf 文档由详细的 8 条分步图解构成：从下载 TOR 到创建账户，最后到 PGP，即为送货地址加密的程序。你只需要熟悉电脑操作，一共 8 步，几分钟时间，你就进去了。全球最大的网络毒品集市就任你翱翔了。丝路网和其他成百上千的深网网站一样，采用比特币交易，价格以฿表示。比特币是一种 P2P 电子货币，即对等货币，交易只是在点对点的两台计算机之间发生，不经过媒介，没有银行介入。即便在一些更为主流的电子商务网站上，比特币也有其一席之地。

购买比特币相当容易，可以全部在线完成。互联网上有10多个购买该虚拟货币的交易平台，其中最著名的就是日本的Mt.Gox公司，是全球最大的比特币交易网站。只需要轻轻点击几下，开一个账户，提供身份证件和显示用户住址的近期账单（煤气费、水电费或电话费）来验证用户身份。账户设立后，只要进行银行转账，往自己的账户中充值，欧元或者美元就可以转化为比特币。其汇率并非恒值，而且有可能有很大波动。2011年初，1个比特币相当于30美分，而到了2013年11月，汇率井喷到800美元。疯涨的汇率让这种加密电子货币的拥有者一夜暴富，而这要归功于比特币极高的匿名性特征。在货币变成位元之后，财富的使用状况和财富拥有者的身份同样变得不可破译。

比方说，根据BitcoinRichlist.com所提供的数据，2013年12月，全球拥有比特币数量最多的人叫做1933phfhK3ZgFQNLGSDXvqCn32k2buXY8a，一个将账户拥有者的地址经过加密处理的数字和字母的序列组合。然而，要想知道这个网络麦克老鸭[1]的真实身份是不可能的。我们只知道他积攒了111111.11257544个比特币，在2013年12月实际价值达到87775556.71美元。

比特币价值的增长除了让网站的经营者一夜暴富之外，也毫无疑问让那些在线贩毒的网络毒贩赚足了腰包。在丝路网上交易自然也非免费的午餐。该网络平台的幕后老板为自己扣留了每笔交易总额的6%作为佣金，也就是说每卖出100美元可卡因，2.0版的毒贩必须交给创建该电子商务网站的网络骇客6个美金。

追踪那些为谋取私利违反互联网游戏规则的网络罪犯，即骇客，挖出他们的真实姓名和容貌已经是全球警察的主要目标之一。谁是在线贩毒的幕后黑手？背后藏匿着怎样的犯罪组织？丝路网的幕后老大是谁？关于最后一个问题，如今可以给出一个答案，起码是部分答

---

① Scrooge McDuck，迪士尼动画片的经典角色，是唐老鸭的舅舅，位列《福布斯》虚拟人物财富榜榜首。

案。2013年9月，丝路网的幕后黑手被称为“恐怖海盗罗伯茨”，他是全球反毒品组织集体搜寻的隐形人，一个邪恶的天才，一手创立了只需随手点击就可以实现交易的毒品买卖帝国——丝路网。2013年10月1日，星期二，他在旧金山的一家图书馆内被捕。美国政府随即关闭了这一毒品交易平台（后面我们会讲到，短短几个星期后，该平台再次回归网络世界）。

“恐怖海盗罗伯茨”的真实身份是29岁的罗斯·威廉·乌布利希。找到他可一点都不容易，那经过了两年的密集调查，24个月的辛苦工作。自2011年起，美国联邦调查局探员展开秘密调查，像普通吸毒者一样在丝路网上寻找毒品，并试图追踪到网站管理员。然而，要想拼接出一幅极其复杂的马赛克图案，必须对整个网络展开搜罗。调查的第一小颗拼块是于2011年1月27日在专门探讨迷幻蘑菇使用的魔菇论坛上发布的一条信息。一个署名为“欧托兹”的用户写道：“我无意间上了一个叫做丝路的网站，想在上面买点东西……有没有人可以给点建议。”信息后面还随附了网站链接。两天后的 1 月 29 日，还是这个“欧托兹”，转移到一个专门讨论比特币的论坛上发布了一条类似信息，将丝路网描述成一个完全匿名的亚马逊。

根据联邦调查局的案情回顾，这两条信息都是为了吸引所在网站用户的注意。之后，随着调查的逐渐深入，联邦调查局的关注点集中到一个旧金山的网吧，那是“恐怖海盗罗伯茨”登录丝路网的地方，搜索圈从那里开始逐渐缩小，直至他被捕。丝路网的创建者犯下致命错误，在一个专门讨论 TOR 连接的论坛上发布了一条再明显不过的问题，其中包含了丝路网程序编码的一部分，且署名为真实姓名罗斯·威廉·乌布利希。几分钟后，乌布利希立刻将署名改为昵称，但是为时已晚，联邦调查局已经全部记录在案。

这小小的失误让乌布利希付出了巨大代价，而他本人仿佛事先已有预感。就在被捕几周之前，他接受《福布斯》专访时宣称：“政府最高层正在追查我。”相信这并非巧合。当时，“恐怖海盗罗伯茨”还没有暴露其真实面孔和姓名，人们对他的生活一无所知，他只不过是简简单单的位元，一个销售额无法计算且背负全球通缉令的编码。

采访他的是美国资深记者安迪·格林伯格。这是一项历时8个月的艰辛工程，对细节要求极为苛刻的追猎工程。乌布利希的不信任感十分强烈，几乎可以说是偏执，勉强他多说一句都完全不可能，既不可以打电话，也不可以使用Skype之类的即时信息服务。他能接受的唯一沟通渠道就是他自己的丝路网论坛的内部私人信息。在主场游戏可以给他匿名的安全感。“在经过8个月的苦苦追访后，”格林伯格在采访中讲述，“我想约他在某个秘密地点见面，哪怕是美国之外，而他的回答是亲身见面根本‘不在讨论范围之内’。他告诉我，即便是最紧密的合作伙伴也不能见到他本人。‘政府最高层正在追查我，我不能冒险。’当我试图问他的受洗名和国籍时，他立刻关闭了所有对话。此后一个多月，他没有再回我的任何消息。”

然而安迪·格林伯格并没有放弃，即便是“恐怖海盗罗伯茨”这样表面上看起来无懈可击的人物也自有其弱点，或许是因为联邦调查局的步步紧逼促成了改变。总之，丝路的海盗王最后打开心扉，无所顾忌地表达了自己自我为中心的惊人态度。在采访中，乌布利希自诩为一名革命者、一位深网哲学家、一个不遵守国家规则和税法的无政府主义者、一名将众多毒贩从街角解放出来的解放者，就好比毒品交易领域的朱利安·阿桑奇[①]。他的话很好地诠释了他的个性：“我尽力维持丝路网的低调形象，仅仅依赖用户之间的口口相传，然而，我们不可能永远保持沉默。丝路网是一个载体，用来传

① Julian Assange（1971— ），维基解密的董事与发言人。

递一个信息，一个非常重要的信息。如今，时间已经成熟，应该让全世界听到这个信息了。这关乎人类权利的捍卫。当我们并没有做出任何坏事的时候，我们理当拒绝屈服。”

乌布利希很确信地表示，如果他的客户想要海洛因、快克或者大麻，他们应该有购买的自由。他觉得，这是打赢官方壁垒的第一仗，一次归功于比特币的胜仗：“我们正在探讨一种可能性，在世界的权力结构中实现划时代的变化。如今，人们可以控制信息和金钱的流动和分配，将国家拦截在外，并将财富交还给人民。”要是有人提醒他，他的网站销售的是毒品时，乌布利希并不否认，但同时他会愉快地强调，丝路网禁止出售儿童色情物品。

关于乌布利希和丝路网之间的联系还有待查实。按照他自己的口供，网站并非由他创建，而是另有其人。他说他只是碰巧在 2011 年，网站诞生几个月后，发现了安全系统的一个漏洞，一个足以让任何一名黑客迅速闯入并盗取所有比特币的漏洞。他本人就可以做到，但他决定联系丝路网的创建者，告诉他解决问题的办法。从那以后，他就成为二号人物，一个网站平台的真正创建者能够信任的人。至于这个人的身份，他一个字也没有交代，比位元编码更匿名。

乌布利希被任命为丝路网的大管家，任命公告发布在2012年2月的网站论坛上。回过头来看公告下面的评论，你会发现有人将他描述为一位英雄，一位如同“我们的格瓦拉”一样的人物，还有人赞誉他为“工作机会的缔造者”。在联邦调查局逮捕他之前，丝路网上的毒贩为他大唱赞歌，而他在电子商务这种尔虞我诈、危机四伏的艰难环境中，也的确有必要为自己建立起一个信任圈。因为在网络上，你卖T恤还是可卡因并不重要，重要的是信任度。乌布利希成功获得了这种信任，并且一直将其利用到2013年10月1日，也就是联邦政府为他戴上手铐，以毒品买卖罪、信息犯罪和洗钱罪这几项罪名联合指控他的时候。

然而，丝路网早已重新上线。在乌布利希被捕、网站遭到清算并关闭后，仅仅过了不到 1 个月，这个最大的毒品网络集市又重新开张了。当 2.0 版的丝路网回归时，乌布利希正在纽约的法庭上接受审判。重启网站的显然是个陌生人，不过不难想象，海盗的老朋友们一定在背后插手此事。这对于联邦调查局而言真是一个巨大的嘲弄，被勇往直前、无所不能的骇客玩弄于股掌之间。

每当我想到丝路网，我总是会想起 20 年前在克罗托内、那不勒斯和巴里的街头广场上常驻的毒贩。在我脑海中的古怪角落里，我总是想象着他们躺在沙发上，手里抱着 iPad，自在地经营毒品生意的样子。其实也不好说，可能毒贩子早已不是同一拨人了。也许科技革命将他们吞噬，再说这也不是什么稳定正经的工作。毒贩子从来干不了太久：有人也许改头换面，重新做人了；有人也许被逮个正着，关进了大牢；有人也许横尸街头，因为将错误的剂量卖给了错误的客人。总之，毒贩子所从事的是一项高危职业，风险是游戏的一部分。“不存在不用暴力就可以轻松获得的钢镚儿。”一天，后悔加入光荣会的“胖子”斯图亚特对着一杯啤酒告诉我。不存在不用暴力就可以轻松获得的钱。在他那个年代，毒品并不盛行，黑帮讲求的还是自己的帮规和荣誉规则。他揍过不少人，放过不少火，却从未兜售过毒品。

有一次，他们把小罗伯特打成了筛子。这个小罗伯特在我们那里无人不识。当时，他在酒吧门口抽着烟，就这样被枪杀了。他们骑着一台型号为 Dominator650 的纯黑本田摩托车过来，将满膛的子弹对准他扫射一空。他们从他口袋里翻出了十几剂海洛因，当天下午他原本应该如数上交，不料他打算偷偷将其中一部分在那间酒吧卖掉，其余的在街区里散卖出去，吸引本地瘾君子的眼球。这个小罗伯特一直是个毒贩子。谁知道他有没有厌烦过，是不是喜欢见所有那些瘾君子，还是说他只不过没办法才干这行。

小罗伯特的故事发生20年之后。丝路网的毒贩不再和吸毒者会面，也不大可能在他们的牛仔裤口袋里藏十几剂毒品。毒品交易平台早就修改了毒品交货的方法。用户在丝路网上购买少量可卡因，通过邮政服务收货，就好像在亚马逊上买了一本书或者在eBay上买了一张CD一样。网络毒贩将毒品装在匿名信封内，并不写明寄件人的地址，抑或杜撰一些虚假信息。毒品藏在两张明信片之间，就好像三明治一样，这样就不会被人摸出来。毒品全部送货上门，并不存在什么地理阻隔。你可以订购货源在美国得克萨斯的冰毒，而将收货地点设定为意大利的帕维亚，这完全不是问题。

而在小罗伯特的年代，这根本是难以想象的。我记得葬礼那天，他的遗体后面跟着几十个人。我看着遗体从他遇害的酒吧门前经过时，“胖子”斯图亚特努力说服我：有些人的死亡是无从避免的。而他自己没过多久也离开了人世，被常年困扰他的糖尿病彻底摧毁。直到今天，每当我想起“胖子”，我都会不禁想起他说的那句话：“不存在不用暴力就可以轻松获得的钢镚儿。”

丝路网的“上帝”乌布利希也以他自己的方式表达着类似的论调。暴力是一个没有时间性的规则，掌管着犯罪关系。不管是现实世界还是虚拟世界，肮脏的买卖总是和暴力共生。这是游戏的一部分。

只要举一个刚好和丝路网有关的例子就足以证明这一点了。2013 年 5 月，丝路网被“黑”(在网络行话中表示网站遭到黑客攻击而停止运作），估计是遭到了新的同业竞争者的袭击。平台处于脱机状态长达一周，造成了相当大的经济损失。“史上最精密的黑客攻击”，乌布利希这样认为。这是虚拟世界最典型的暴力行为。在真实世界中，黑帮敌人会一把火烧了你的仓库和汽车；而在虚拟世界中，他们会“黑”掉你的网站，让你的生意无法正常进行。

丝路网每个月的销售额达到6个零（根据匹兹堡卡内基梅隆大学的研究，大约一个月入账150万美元）。不过真正的戏剧化剧情在于网络毒品交易持续不断地增长。来自五湖四海越来越多的用户在丝路网这类网站上购买毒品，所幸也时不时有人落网被捕。例如，2012年4月进行的一次代号为“亚当炸弹”的抓捕行动涉及整整34个国家。这是一次由美国缉毒局展开的天罗地网般的全球调查，是第一次针对网络市场的真正缉毒行动。

最后被送进监狱的有8个人，所涉毒品交易的金额达到数百万美元。他们在“农贸集市”网上无所不卖：LSD、摇头丸、可卡因、海洛因、哈希什、大麻以及违禁药品。那是一个和丝路网非常相似的毒品交易平台。在这一情况下，网站的创建者也是利用TOR软件使得网络连接不可追踪，不过其交易并非通过比特币实现，而是PayPal和西联汇款。这两个工具也是21世纪的犯罪组织熟悉并常用的付款工具。

根据调查者的陈述，“农贸集市”网的毒贩拥有超过3000名客户。店家将网站吹嘘得无所不能，并有专门的论坛向潜在客户提供如何交易的详细说明。整个交易过程非常简单，就跟在eBay上买手机一样。

“在2007年1月至2009年10月之间，在线的高端市场实现了5200多个订单，总金额达到100多万美元。”美国缉毒局透露，“在行动那天，该网站组织正在以匿名方式向世界各个角落销售危险药品和毒品。”缉毒局的特工布里亚纳·M.格雷解释道，“这一行动理应向采用高科技犯罪的犯罪组织传递一个明确的信号，也就是美国缉毒局和执法部队总是可以找到办法消灭他们，将他们绳之以法。”乌布利希当时听到这番话，很可能不会赞同，不过他很快就有了亲身体验。

可以确定的是，“亚当炸弹”行动的确传递了一个重要信号，即全球警方都必须清楚，追捕罪犯这档子事早已不再局限于人行道上。领地的监管经常需要从深网的晦涩迷宫出发。互联网首当其冲。这一点意大利警察也很清楚。意大利以及欧洲其他一些国家，虽然网络毒品交易平台的繁荣比美国晚了很多，但是也有非常活跃的类似丝路网的网站，例如洋葱网，完全意大利制造。其功能和大洋彼岸的丝路网完全相同，通过TOR平台保证交易匿名，并采用比特币付款，只是这里的交易完全以意大利语进行。

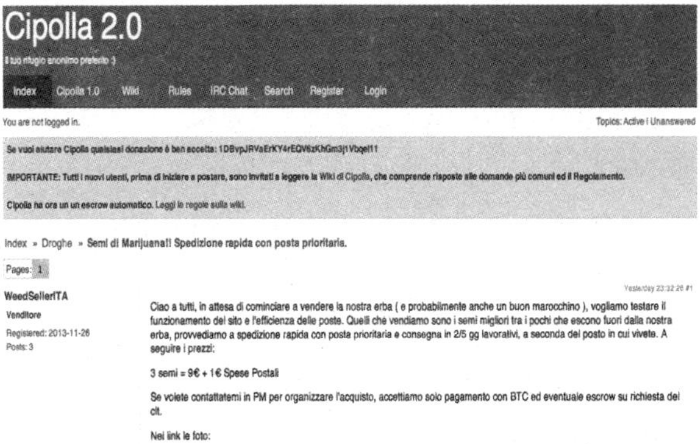

毒品交易的平台毫无疑问呈增长态势。然而，对于世界上的大多数吸毒者而言，有一个更受大家青睐的虚拟渠道，成千上万的订单在那里得以实现。这一渠道就是脸书。马克·扎克伯格的社交网络无疑是毒品交易最常用的工具。私人信息是毒品买卖双方密会的理想场所。他们在这里谈好价格和交易地点，不需要虚拟货币，不需要交易费，也不需要安装TOR，一切都在眨眼间完成，一切都很社交化。吸毒者不曾想象过在脸书上购买可卡因可以如此简单。扎克伯格之家的聊天记录并不像一般的通讯电话那样可以轻易拦截。如果邮政警察向脸书寻求聊天记录，至少需要两个月才能收到相关数据。对于每一个 2.0 版的谨慎毒贩而言，60 天根本就是没有尽头的漫长时间，贩毒者足以在此期间更换 2 至 3 回账户，在网络位元和图像的游戏中消失，出现，再消失，再出现。

脸书是毒品交易的理想场所，因为这是全世界最大的虚拟平台，因为大家都有现成的账号，因为在私聊中交换信息比当面交易更为谨慎。

就连我的酒吧小哥齐柯，也是在脸书上购买的可卡因。他那天非常非常尴尬，因为不小心被我发现了这一秘密。齐柯怎么说也算是个举止得体的小伙子。当然，他也有自己的嗜好，有自己沉迷的东西。他像一头骡子一样辛苦做工，不过是为了每个月带 1200 欧元回家。这点钱根本不够一个抽大烟的人过活。他每个早上 4 点半起身，为的是能在6点差一刻就赶到酒吧，烤上第一炉羊角面包，伺候好两三百份早餐，并一直马不停蹄地忙到早上9点半。至此早高峰总算是熬过去了，像我一样的懒散客人会在这个点来到店里。不过享受半个小时的清闲，他又得忙着做各种汉堡，为客人的午餐作准备。中午1点到2点之间，酒吧里简直忙疯了，塞得满满的，全是人。吧台后面的齐柯动作快得犹如闪电，在他那个干瘦的躯干和全部绷紧的神经协助下，一刻都不能停歇。大约晚上7点关门后，他筋疲力尽地回到位于米兰郊区塞斯托圣乔瓦尼的家中。那是一套小公寓，在一栋会让人联想起兵营宿舍的旧楼房里。

齐柯原先想成为一名测量师，甚至还拿到了证书。后来他的哥哥阿尔贝托开了一间酒吧，就请他过去帮忙。如今，阿尔贝托当起了长途运输司机，酒吧的生意不大好，就卖给了中国人。齐柯的饭碗算是保住了，他期待着余生都可以留在那个吧台后面。他的事在这儿年经济危机的光景下屡见不鲜。想自主选择工作并不容易，最后倒是更容易变成工作选择了你。齐柯就是这种情况。

他没有不安分，虽然关于测量师的梦想，他至少向我重复了几百次。他喜欢在酒吧做，可以认识很多人，成为大家的朋友，这也在一定程度上缓和了他无边无际的孤独感。齐柯是一个独居的男人。年迈的父母住在皮埃蒙特大区，而自己移居米兰，过来投奔哥哥阿尔贝托。如今，他的哥哥开着大货车奔波于欧洲各地，两兄弟见面的机会越来越少。齐柯的生活已经很单调了，现在又加上了孤独。好在他在酒吧的时候不觉得孤独。他很享受在酒吧的时间，可以让他从孤寂的思虑中抽离出来，仿佛重生一般。他的确具备着只有酒吧招待才有的消化情感的独特天分。

“什么样的人都会来这里。有的人满脑子都是狗屎想法。要是有人向我倾诉，我会尽量想办法平复他们的心情。”

“那要是他们不向你倾诉呢？”

“要是不向我倾诉，那我就待在原地，眉头都不皱一下，最重要就是保持平常的样子，既不能太多管闲事，也不能太事不关己。早餐是一天里最贴心的时刻。如果你在这个酒吧感到不自在，就不会再回来光顾了。”

然而，齐柯也有他的阿喀琉斯之踵。唯一能够让他哪怕站在吧台后面也无法控制心情的就是AC米兰队。

每个星期一早晨，酒吧里的那一幕都会反复上演。要是AC米兰赢了球，你会发现他容光焕发，随时准备向你罗列《米兰体育报》上的比分，像昆虫学家一样耐心十足；要是AC米兰输了球，齐柯就很难隐藏他因不堪回首的周末而紧绷的神经。他会一步一步地分析教练、前锋、后卫犯下的所有错误，只有艾尔·沙拉维[①]

① Stephan El Shaarawy（1992— ），意大利足球运动员，司职前锋，因其父为埃及人，得绰号“法老”。

从来不会犯错，因为“法老是最棒的，太帅了！这没什么可说的，他就是人见人爱”！

然后，一个星期六的夜晚，我在半路上发现了齐柯，正绝望得浑身发抖。就在中央火车站附近，他开车撞到了电线杆。他拼命地喘着粗气，想把车从车道上移开。他好像被吓傻了。我发觉此时此地我是唯一可以帮他的人。我们将撞得不忍直视的菲亚特 Punto 移到了一个停车场。一群年轻人刚刚从夜店出来，好奇地盯着我们。而齐柯就像一个疯子，那种刚刚从最糟糕的疯人院里逃出来的疯子。看到周围的人投来的好奇目光，我甚至觉得自己也和他一样是个疯子。我们正在搞什么鬼？为什么我这样帮他？为什么我没有叫警察？

“我操，我们得在巡警经过前搞定。我操，快点快点。我操！我操！”他不断地嘀咕咒骂着。消防车的鸣笛声让情况变得更加糟糕。齐柯突然陷入不可自拔地狂躁之中。他浑身冒汗，气喘吁吁，焦躁不安。他的右腿膝盖伤得很严重，裤腿被划开一个口子，鲜血喷涌，好在他还活着。我在车里努力让他平静下来，跟他讲那些老生常谈的话，告诉他谁都可能碰上意外，这种情况下和人命比起来，车一文不值。我劝他去医院，因为那个伤口看起来很严重。他得看医生，说不定需要缝合伤口。

齐柯的回答让我的心凉了半截："你他妈蛋疼啊！闭上你的嘴，送我回家！"

他的反应让我惊讶万分，但基于他的情绪状态，或许我早就该有所预见。齐柯撞了车，担心被交警拦下来做什么测试。他被焦虑击垮，被可卡因摧毁了全部的意志。也许是可卡因的作用，他显得十分躁动。他的心怦怦直跳，动脉里的血液被挤压得正以疯狂的节奏流动，每一根毛细血管都在悸动，就好像是在一头扑在猎物身上的猛兽的内脏里。他满头大汗，嘴唇干裂。

那些肌肉抽搐，那些焦虑狂躁都是再简单不过的线索。然而，我还是有点惊讶。虽然每一个人都可能是潜在的可卡因吸食者（你的邻居、你买鸡肉的肉铺店员、周六在比萨店为你服务过的服务员、你付账单的邮局职员、你不苟言笑的同事、总是会推荐你买什么书的书店店员），可当你发现他近在咫尺时，你还是会感到惊讶。

我愣在那里盯着他看了几秒钟，犹豫着是不是应该一拳挥过去将他揍趴在地，说实话，我一点都不喜欢他的反应。不过，最后我决定不出声，说服自己那一夜很快就会过去。我突然想起几年前看过的海明威写的一段话："我体会到黑夜与白天决然不同，一切都不相同，夜里发生的事情没法在白天加以解释。因为在白天这些事从来就不存在。对于孤独的人来说，夜晚是最可怕的时光，假如他们开始感受到了孤独。"

我送他回到家时，他的膝盖仍然鲜血喷涌。压在伤口上的手帕早已被血水浸湿。不过，这些我不再在意。那是他的事，我想。

我们冷冷地告别，如同电车上下门的两个陌生人。齐柯想下车，却突然号啕不止。他重新关上车门，双手掩面，向我倾诉他的故事。

“我操，对不起。我感觉自己就是一坨屎。”因为他大哭不止，这些话说得有些哽咽。“OK，是我把事情搞砸了。可我要是去医院，我他妈就废了。有可能驾照、工作，全部都会没了。大概一个小时之前，我刚刚吸了两条可卡因。然后，我就什么都不知道了。我开着车撞到了电线杆上。我从来没发生过这种事，我操！”

我冷淡地听他诉说，感觉有点烦。他抽了什么风，我之前已经猜到个大概，我努力表现出一点都不惊讶的样子，相信这样可以减轻他的罪过感。

我几乎用煽动的语气回答：“那你明天应该去找卖给你可卡因的家伙算账，谁知道他卖给你的是什么货色……”我说这话的时候挤出一丝微笑。

齐柯点点头，用手挠了挠头发，答道：“没错！明天我就给那个浑蛋留言。”

“给那个浑蛋留言。”没错，齐柯就是这么说的。也就是说，齐柯不是写信，不是写明信片，或者写其他什么，而是在脸书上写一条再普通不过的信息。我的酒吧小哥就是在那里找到可卡因的。几个月来，每一个该死的礼拜六晚上，故事都在一点点往前推进。

齐柯将他无穷无尽的孤独深埋在半克可卡因的粉末和一个妓女的床上。先是可卡因，然后是性。因为事情就该这么办，因为费迪就是这样建议他的。费迪是格拉托索利奥街区一带的人物，常常光顾他的酒吧，讲一套关于女人和性欲的理论：“先吸一口粉，再干一炮，会让你坚挺很久的，呵呵……”

做爱之前吸一口可卡因已经成为一种越来越流行的习惯，尤其在年轻人之间。只是这其实是一种具有毁灭性的习惯。可卡因是一种强效兴奋剂，会病态地增加你的欲望；与此同时，可卡因也是一种麻醉剂，会降低人的感知力，将射精时间大量延后。对于流连于妓院的常客而言，这小把戏堪称完美。然而长此以往，这种哥伦比亚产的粉末会导致性无能，令身体组织衰弱，令你的精子懈怠。

这一切，齐柯或许并不知道。他不过是在脸书上买一点自己嗑的剂量。“我还是挺享受的。”车祸过去几天后，他向我坦白。

“你以为现在还有人跟大街上的毒贩子买货呢？够啦，别跟个老古董似的。”

没错，如今的大街上只有电缆，数据以电线的形式连接到你家的路由器上，或以速度超快的3G网络连接到你的苹果手机浏览器上。

“我认识一个毒贩子，知道他的脸书账号，我要的货都是跟他订的。每次我有需要的时候，就给他留言，然后不超过两三个钟头，他就会出现在我的酒吧。”

以前卖货给齐柯的毒贩是个农学院的学生，如今他为一家快递公司送快递。就算你盯着他的脸看，你也根本不会将那张脸跟帕索维奇奥的毒贩搭上边。这就是2.0版毒贩的厉害之处——寻常无奇。令人毫无戒备的寻常无奇。这一特质或许让像齐柯这样偶尔吸毒的瘾君子感到更多的安全感。他常常对我唠叨："总之我现在再也不吸了，我还得给自己再买一台车。"

我不知道齐柯是不是真的戒掉了，还是说最起码他想戒毒的愿望是真实可信的。我可以确定的一点是他关于在脸书上买毒的经历的说辞是真实可信的。已经有太多的缉毒行动证实了脸书在毒品交易中所扮演的重要角色，从北到南，从都灵的大街到巴勒莫的小巷。人们早已对报纸上的此类报道见怪不怪。

那是2013年的7月5日。都灵的宪兵潜入一个专门从事国际毒品交易的地下团伙，其业务涉及6个大区：拉齐奥、伦巴第、翁布里亚、皮埃蒙特、托斯卡纳和威尼托。这是一个利用社交网络贩毒的犯罪组织。他们利用脸书的聊天室规划并确定每一步行动方案，团伙会议完全是对着电脑进行的。

2011 年 3 月 28 日，佛罗伦萨的报纸专栏报道，当地宪兵逮捕了 3 名交易毒品的学生，其中一名在审讯时招供，其供货和交易的全部联络都是通过脸书实现。这个故事和几个月前发生的另一案件极为相似：一名托迪市的女生因在这一著名社交网络上兜售哈希什被警方铐上了手铐。

2013 年 3 月 23 日，阿里亚诺伊尔皮诺市警方摧毁了一个兜售海洛因的小型犯罪团伙，其所有业务都通过脸书安排。“这是一次复杂的调查。”警方如此定义。犯案者只通过脸书沟通，没有手机，没有其他任何联系方式，并且在联络过程中使用暗语。

马尔凯大区卡梅里诺有 4 个乳臭未干的少年，其供应的毒品瓜分了当地毒品市场相当大一块份额。而他们的组织运作非常完备，也是完全在脸书上进行。他们在聊天室完成预约，随后很快向客人发货。其中一名娃娃毒贩的妈妈决定告发他们，在脸书上发布了这样一条消息："有人可以将这些毒贩子一网打尽吗？我知道所有人的名字，我要举报！"一名宪兵随即和她联系，这个女人向他全盘说出。4 名少年被戴上了手铐，时间是 2013 年 10 月 24 日。

类似的故事屡见不鲜。自从 2010 年以后，脸书高调地介入反毒行动，同样也高调地介入我们的生活。

"互联网是上帝的恩赐。"2014 年 1 月教宗方济各表示。这样的论述从一个贩毒者的角度来看简直滑稽可笑。世界是你的。

第二章　身份盗用

所有的邪恶都是从清白纯真中开始的。

——欧内斯特 · 海明威

“哇靠！我看你得自己警醒点。不过你是怎么看黑客的？我的意思是，当你想到黑客，你的脑袋里会出现什么鬼形象？”

马蒂亚一副网络哲学家的德行。他有着自己的想法、烦恼和困惑。有时候他也许的确有点过头，不过大概正是因为这份偏执，他才会成为伦巴第大区最能干的邮政警探之一。

我是在瓦雷塞市的一个网球俱乐部认识他的，经由共同的朋友介绍，一起搭档练球。我们在那里发现两个人的球技都很不专业，完全建立在自我学习的基础上：

跑动错误，动作不协调，握拍姿势不对，零上旋，反拍无力，简直糟糕透顶。于是和大部分周日才有机会打球的网球爱好者一样，我们俩也对练了数个月，就是那种付费训练，学网球差不多都是这样。对练的两名球员需要水平相当，因为如果差距太大，打得好些的那个会厌倦，再也不愿回来陪练。我和马蒂亚的球技在同一个水平上，至少差得不多。

然而，如果说他在球场上算不上什么角色，他在工作中却是头牌人物。在一个细节决定成败的工作环境中，他有着追逐胜利的执念。就我而言，自从认识他以来，我对于网络的认知发生了大翻地覆的变化，我变得更加谨慎，更加小心，有时候甚至更加恐惧。是他告诉我，如今的黑客被称作骇客（crackers），一个源于 crack 的新词汇，意思是“破坏者”，也就是说通过破坏某一程序的保护层来侵入该程序，从而实现某种非法应用。

“你看一名骇客，如果他决定要搞你，那简直轻而易举，你还没明白怎么回事，就已经被他搞了，哇靠！我不知道你怎么想，总之小心点！”就在我们打了一个小时球，停下来喝运动饮料的时候，他很固执地提醒我。

“你问我怎么想？”我笑着说。

“嗯，就是你怎么想他妈的骇客的？哇靠！我不是指高矮胖瘦，金发还是黑发。我是说，你觉得他们算是好人还是罪犯？你信得过他们吗？你会从他们手里买二手车吗？”

“这个……我还真不知道。我对他们从来都没有特定的想象。不过如果我真要我想象一下黑客的样子，那种定格的黑客形象，那么我大概会想到一个坐在漆黑房间里的椅子上对着一台显示器的家伙，没准是两个显示器。那个家伙应该戴着厚厚的镜片，因为他从小就深受近视困扰。他每天写一公里长的程序而绝不会感觉累。他爱喝碳酸饮料，讨厌酒精，只吃廉价的薯片。他喜欢看漫威漫画，沉迷于厚厚的科幻小说，然后成夜成夜地打电玩。我说得差不多吧？对了，通常这种人患有亚斯伯格综合征，社交能力有缺陷，拥有公式化的举止和生活。他们的行为被定性，越来越重复和机械。”

“哇靠！你《生活大爆炸》看多了吧，亲爱的。”

“那部美剧确实很天才啊！”我立刻反驳道。

“是没错，那部剧的确算得上天才，但终究是部电视剧而已。你应该很清楚，电视里讲的都是狗屎。我的意思是，你别再傻不楞登地以为黑客都是些满脸青春痘、只会打游戏的书呆子了！时代早就变了！哇靠！如今的黑客都在从事一份收入相当可观的非法工作。你那种天真的想象还是拉倒吧。别忘了骇客是罪犯，是他妈的最不要脸的罪犯。他们侵入你的电脑、你的iPhone，你的iPad，随时将你的生活玩弄于股掌之中，吸干你最后一滴血。他们是最冷血无情的人。”

我强忍着没有笑出声来。“哎哟，你真把我给吓到了呢。”我打趣地说。不过他没有听出我在说反话，接着说：“哇靠，这就对了！你的确应该感到害怕，我们所有人都应该感到害怕。因为只有害怕了，我们才会去保护自己。你看看那里面，互联网里面，那些人可不是开玩笑的呢。走错一步……砰，你就被人搞了。你要真被人搞了，那就根本无路可逃。他们会在一瞬间夺走你数十万欧元，而那些钱不知道会流到什么地方，也许是新加坡，也许是莫斯科，也许是开曼群岛。你他妈要是能找回来，你他妈就是天才！”

马蒂亚说得没错。以为黑客就是那些对跨国公司不待见，并总是站在普通老百姓一边的网络革命者的想法早已经站不住脚了。就连“信息海盗等同于网络宅男”的想法也早已是一个过时的概念。生意摧毁了成见，生意引入了邪恶。

我经常问自己有关人类邪恶的问题，有关人类变得恶劣、邪恶和暴力的不可控的本能。每一次我问自己的时候，我都会想起一位受马丁·路德思想影响的老总编的话：“金钱是魔鬼的粪便。”

金钱是邪恶的坚实根基。金钱和科技进步的混合炸药送给人类一种没有底线的新型恶人——**骇客**。这些人昨天或许还在享受着潜入某个政府网站，令其主页自动跳出符合他们口味且充满智慧的挑衅或抗议页面，今天或许已经成为犯罪组织的可贵资源。这些人能够像 90 年代在米兰郊区播种混乱的普通恶棍一样越界犯法。**骇客**可以是连环抢劫犯，洗劫市民个体或者袭击银行机构。他们是现代的瓦伦扎斯卡[①]，在深网的暗室里悄然移动，每一个个体都可能是他们的潜在目标。如果一名**骇客**锁定袭击目标，那么此人很难有机会全身而退。每一个连接互联网的人都有风险，包括你。

最近几十年的科技进步让你同时成为主人和奴仆。

---

① Renato Vallanzasca（1950— ），米兰黑社会匪徒，在多次抢劫、绑架、谋杀以及多年逃亡生涯后，被判四生连续无期徒刑，附加 290 年徒刑，目前正在服刑。

这个全新的由位元、演示和虚拟性构成的世界让你很有存在感，感觉自己很重要，是不可战胜的强大实体。身处一台显示器前，你不再感到害怕；身处冬暖夏凉的空调房里，你不会感到任何恐惧。你的办公室里摆放着珍贵木材打造的写字台，写字台上摆放着一支水笔，是别人送你的大学毕业礼物。还有你屁股下那把契合人体构造的椅子，是最新的设计。那把椅子可花了你不少银子，却神奇地让你的腰痛成为回忆。你是一个无畏的骑士，将自己的想法贴在社交网络上，全身弥漫着一种奇怪的自由感。这种感觉你在过去是无法体验的，在那个没有互联网的时代。

如今你是一个神。网络是平等的，起码部分是。在社交网络上，你和其他任何人一样享有着同样的空间、同样的权利。你有一个名字、一段简介、一张照片、一个可以分享自己的想法并使之公开的页面。这是纯粹的民主。在你郊区的单间公寓里，在那个居民成分混杂的大楼里，你和那些拥有千万别墅和豪车的牙医毫无差别。你所需要的只是一根网线。互联网拉平了每一个社会阶层；互联网里没有权力，没有财富，却永远危机四伏。

“要是你没有钱，他们还能偷你什么？”一天，我打断马蒂亚无穷无尽关于网络安全的说教，问道。

他的回答非常简短，但是这一次无疑切中要害：“哇靠！他们可以偷你，偷你这个人！”随后，他的注意力转移到一杯冰橙汁上，慢慢地喝起来。

马蒂亚的意思是身份盗用，这也是信息犯罪的关键。

我们每一次打开自己的电脑、智能手机或者平板电脑，所面临的最切实的风险就是有人窃取我们的身份。我们是谁，在哪里出生，住在哪里，做什么工作，我们的婚姻状况，我们的习惯，我们的兴趣，我们的爱好，我们最喜欢的服装品牌，我们停在车库里的车，我们星期天下午看足球比赛的高清电视，我们的健身卡，我们最近的一次旅行，我们的银行账户……所有暴露在网络上的与我们相关的资料都面临着风险。每隔几次，当我们的硬盘连接到互联网时，我们的生活被他人盗用的可能性就会更大。人们常常以为只有那些经常光顾深网的人才会更加暴露自己的信息，然而，丢失自己根本不需要前往网络的浅滩，骇客随时会盯上你。谁知道他们在世界的哪个角落哈哈大笑呢。你们不要天真地以为自己正安全地查看着自己的电子邮箱，阅读着日常的电子期刊，闲逛着电子商务的网络商城。危险一直潜伏在那里。

身份失窃是我们所能遭遇的最为严重的问题之一，但也是一个相当普遍的现象，随时可能发生，就在我们发送一封简单的电邮，下载一个文件，在线看一个电影，或者在线买什么东西的时候。

其实，在线财务交易是我们被暴露最多的时刻。哪怕是一笔最为平淡无奇的购买，用户都要被迫填写非常详细的资料，不仅需要提供个人信息，而且需要输入银行信息。总之，电子商务是骇客的第一盟友。你们想一想，在2004和2012年期间，单单意大利的电子商务营业额就从一年16亿增长到211亿欧元（根据意大利咨询公司卡萨雷乔联合公司起草的《2013年电子商务报告》所提供的数据），这一局面着实令人担忧。

网络市场呈现无休无止的增长趋势，根本无惧经济危机。如果我们在互联网上越来越频繁地购物，被他人窃取钱财和身份的风险也就会相应越来越高，越来越复杂。

由意大利工会代表联合会（CISL）推动成立的消费者权益保护协会Adiconsum编写了一份身份盗用指南报告，报告称该类型的犯罪以7种方式呈现。第一种方式是**身份克隆**，即取代某人，以其个人资料杜撰一个新生活。然后是**金融身份盗用**，即盗用某人或某企业的身份信息，以被盗用者的身份获取信用、金融贷款，开立活期账户等。第三种是**犯罪身份盗用**，旨在使用被盗用者的个人信息，以其名义完成各种属性的公共犯罪行为，比如激活信用卡。第四种是**合成身份盗用**，即对不同主体的个人信息进行合成，在“实验室”中完全或部分创建一个全新的身份，以服务于犯罪机构。如果某个组织需要一个身份来获取医疗保险，则需要**医疗身份盗用**。然后还有**死者身份盗用**，即利用已故人士的信息来创建新身份。最后一种是**网上欺凌—冒用**，即冒用他人的手机或2.0版的网络服务账号（社交网络、共享平台等等）来发送通常包含违规内容的信息和/或文本。

这7种犯罪模式让全世界的黑帮兴奋不已，因为围绕身份盗用运转的是许多个零的财富。美国标枪战略研究公司撰写的《2013年身份欺诈报告》指出，2012年是身份盗用的黑色年，平均每3秒钟就有一次身份盗用。仅仅在美国，受害者就达到1260万，成交额估计达到210亿美元。

意大利的情况绝对没有更好。受世界碎纸机生产巨头范罗士公司的委托，英国的动态市场咨询公司实现了一项关于身份盗用防范的研究报告。该报告证实，2012年度，有14%的意大利人成为身份盗用的受害者。而且受害者平均需要5至6个月的时间来发现问题，然后再花上半年时间来解决问题。71%的人遭受了经济损失，平均损失大约在每人17000欧元（其中有一个人的损失金额竟然达到395655欧元）。

我被马蒂亚的话吓到，自己上网寻找身份盗用的人证。我找到的第一个描述身份失窃故事的帖子发布于网站denunceitaliene.it上，时间是2012年12月20日，发帖者署名Salvatore85。Salvatore85的文字中充满了恐惧，尽管网络早已将此类事件对人造成的不安感消磨掉很多。我立刻明白了此类悲剧可能发生在任何人身上。

[……] 我也不知道他们是怎么盗取我的身份的……他们追踪到了我的 Postepay、电子邮件，还有手机 sim 卡。他们在 Subito.it 网和 eBay 网上发布了销售贴士，兜售一个型号为 Galaxy S3 的三星手机，标价 330 欧。我在 Postepay 的网站上检查了我的账户，账户显示余额为 650 欧。可是随后不久，账户上出现了在 Snai Poker 网上的几笔游戏消费。一个接着另一个，直到账户上的钱被消费一空。现在的问题是，我自己也时不时在 Snai Poker 上玩一玩，他们难道是在那里窃取了我的信息？发现我自己在玩，所以他们就拿我的钱去玩了？这样，消费的损失就算在我头上，而他们就完全没事？[……] 两个购买了三星手机的用户发现上当

后立刻去警局报了案。我的一个警察朋友告诉我，我可能因此面临一年监禁，尤其是那张手机 sim 卡也是挂在我的名下。我真的要蹲监狱吗？？？请大家帮帮我……谢谢。

萨瓦托雷极有可能因为玩游戏的缘故（他自己也承认是网络扑克的爱好者），不小心使用了自己的个人信息和银行信息，从而被陌生人盗用了身份，完成了网络欺诈。他们侵入他的电子邮箱和信用卡，最后甚至以他的名义办了一张手机 sim 卡，以便在欺诈过程中使用。萨瓦托雷被迫成为一名罪犯，直到有证据为他洗脱罪名为止。所有这些围绕智能手机的欺诈都和他有关，因为从头到尾都是利用他的身份信息完成。

然而，萨瓦托雷却完全被蒙在鼓里。

戈里齐亚市的副市长罗伯特·萨尔托利也是一起类

似案件的受害者。他的个人信息被用来开设一个在线活期账户，几名网络罪犯将博彩收入存在这一账户上。然而，罗伯特显然对此一无所知。

“我是这一小把戏的受害者。”副市长萨尔托利于2013年10月14日当地报纸《小家伙》上发表声明，“我接到戈里齐亚市邮政警察局局长的通知，我在此要特别对他们的尽心尽职表示感谢。他让我放心，既然此次事件与我无关，我就和其他被盗取资金的信用卡卡主一样，是一名受害者。遗憾的是，警察局长告诉我，这种身份盗用的小把戏屡见不鲜。犯罪分子利用公务人员的公开信息从事此类犯罪活动。这件事情有点棘手：一方面，我们有义务将自己的信息公布于众；另一方面，我们得面临此类风险，将自己置于非常不愉快的境地。如今，对于肇事者的调查还在进行中。”

罗伯特·萨尔托利说得没错：身份盗用的现象越来越频繁。联合国区域间犯罪与司法研究所（UNICRI）的研究报告指出，每 4 个人当中就有 1 个面临身份受袭的风险。Adiconsum 关于身份盗用和移动支付的研究报告指出，10 个人当中就有 1 个已经遭遇了身份盗用袭击。“这是一个不容忽视的高比例。” Adiconsum 总裁皮埃特罗·乔达诺表示。

这些数字着实吓人。统计机构称，四分之一的用户面临身份失窃的风险，而十分之一的用户已经遭遇了某种骇客袭击。如果这一切发生在真实世界中，已经可以被视为一场盗窃瘟疫了。

我让自己的大脑暂且放下这些数字，而是想象一下我所在城市的街道、交通、商店、灯光。我所遇见的市民中有四分之一都面临失窃风险。我想象的还不止这些。和我目光交会的人当中有十分之一已经成为某一犯罪行径的受害者。我走进一家正在放映年度最佳电影的电影院，里面有一千名观众。他们当中有一百名遭到了罪犯的偷盗、侵犯或袭击。如果是这样，地球将成为一个无法生活的烂地方，人类将毁在自己的手中。

让我来重新盘算盘算，回到真实的世界中。我想象的那个世界实在太可怕了。然而，那个世界并非只是我想象的结果。

那个世界真实存在，它叫做互联网。

在听完马蒂亚的描述，并上网作了一番调查后，身份盗用对我而言几乎成为一大困扰。我隐约感到危险无处不在，就算发送一封再普通不过的电邮也会让我感到非常没有安全感。我**沉迷**于其中，继续查找其他值得听值得看的真实经历。我开始明白，可怕的危险是多么近在咫尺。而头号危险就是**网钓**（关于这一问题，我们稍后再详细描述）。**骇客**投下鱼饵，坐等他人上钩。他们先潜入可能拥有许多电子邮件地址的网络平台，比如学校网站，或者从事软件开发的企业，其目标是将一定数量的电子邮件据为己有。有了成千上万的电子邮件地址在手，他们就可以开启网络欺诈的操作。只要轻轻一点击，骇客就可以将欺诈信息发送出去，然后等待某个最缺乏经验的用户落入陷阱。这种行为有点像渔夫撒网，耐心地等上几个小时，希望收网时能有颇丰的收获。那些上钩的鱼儿就是那些不小心点击回复邮件的用户，他们误以为邮件上是严肃而有趣的内容。只可惜那是一切终结的开始。

情况还可能更糟，如果考虑到那些没有连接到互联网的用户也有可能进入骇客的取景器中的话。就好比渔夫拉网上岸的时候，发现在渔网外也有被顺道拉上来的鱼儿。

令人战栗的是，一名不知道身处何处的俄罗斯骇客甚至可以盗取瓦雷塞市一名毕生从未打开过电脑的不知名退休人员的身份。远离互联网并不能让人获得绝对的安全。没有智能手机，没有连接网络的手提电脑或在线账户，哪怕对什么叫做网页一无所知，也绝不是躲过危险的充分条件，因为盗取一名脱机人员的身份不仅可能而且相当常见，常见到专家们需要找一个专门的名词来形容这种犯罪行径。它叫做**翻垃圾桶**。

这种犯罪行为通常需要第三方的协助。黑客只会在购买了他人提供的身份信息后才能有所行动。而这些倒卖我们敏感信息的人到底是谁？最重要的是，他们是如何窃取的？

一种相当令人不安的方式就是假扮乞丐。翻垃圾桶的人不一定就是饥肠辘辘的流浪汉，要在垃圾桶里找被人遗弃的最后一小块面包。垃圾桶里经常有对于黑客，甚至**骇客**而言极为珍贵的信息：一张付款账单、一张饭店发票、一封人权组织感谢你捐赠行为的感谢信。翻垃圾桶的人很可能就是在找这些东西。

个人敏感信息的市场还在持续增长中：一张信用卡回执很可能值 7 欧，一张账单 3 欧，一张饭店收据 2 欧。对于翻找垃圾桶的人来说，这根本就是一份收入可观的工作。真的有人在饭店和购物中心的停车场里一寸一寸地搜查，因为在那里更容易找到收据，而居民楼的废纸垃圾桶则是寻宝的最佳地点。

对抗翻垃圾桶的唯一防卫武器就是将含有“有趣”信息的垃圾撕得粉碎。将一张收据简简单单扔进废纸桶无异于将个人信息写在博客上。这是绝大多数人需要面对的日常风险。只要你的一张账单落在错误的人手里，就有可能发生某个在美国或者谁知道哪里的人以你的名义犯罪的案件。

在维琴察省斯基奥市，安全与犯罪研究中心（RISSC）针对翻垃圾桶的风险做了一项研究。该项目以“身份垃圾桶”命名，检查了954个家庭和172家企业的垃圾桶，并向公众展示了将个人信息据为己有是多么轻而易举的事情。在分析了2吨垃圾后，RISSC的犯罪学家马拉·米尼奥美陈述了相当显而易见的结果：“在被分析的家用和商业垃圾袋里，有超过42%的信息和数据极具重要性，平均每一个垃圾袋里就有 7 份重要文件。”

委托该项研究的益百利咨询公司反欺诈解决方案的负责人法比奥·托尔托拉表示，在检查垃圾桶期间，“我们发现了市民的金融凭证、过期信用卡、银行账户结算单、支票复印件、银行卡的个人密码等信息。利用网络上一个富有争议的软件，我们可以通过一张过期信用卡轻易追溯到新卡号码、密码和过期时间。我们甚至重组了一个四口之家的完整信息：姓名、父母职业、子女学校、银行账户、经常去的运动馆等等”。

翻垃圾桶果然令人胆寒。知晓这一点的人会执着于摧毁所有文件，绝不会轻易让一张小票从自己的裤兜里滑落。马蒂亚就是那种神经极度紧张的典型，他甚至买了一台碎纸机在家里使用。他将每一张有可能包含敏感信息的纸张放进碎纸机碾碎：账单、收据、饭店的发票。在他米兰寓所大楼的大厅里有 3 个巨大的白色垃圾桶收集纸张。他盯着垃圾桶，用手指给我看："你看见那里面吗？哇靠！那里面至少有20人的身份信息，有至少20个和我住同一栋大楼的居民的生活。一名**骇客**有了那些东西就可以为所欲为了。我有个邻居在医院工作，有3个孩子，丈夫是名工人。她的生活节奏快到疯狂。当她从邮箱里取信的时候，她最小的孩子说不定正在楼道里哭。她做什么事都是匆匆忙忙的。我经常在废纸桶里发现她的银行对账单，就那么打开着随手扔在那里。她冲出家门，打开邮箱，看一眼信件，那些她不感兴趣的就被她直接扔进了垃圾桶。早晚有一天，她会发现自己被卷入什么洗钱活动，或者其他什么犯罪行径里，当然她自己会完全蒙在鼓里。哇靠！"

马蒂亚的担心并没有错，尽管听起来好像很无厘头。谁会在把没用的纸张扔进垃圾桶之前好好分析问题呢？而这正是从事**翻垃圾桶**的犯罪组织的优势所在。"事不关己的心态，我不在乎主义。大家总是怀有侥幸的心理，以为这种事永远不会落到自己头上。真正的剧情是，我们这栋楼里从来没有谁遇到过此类问题，而其他的上千上万栋大楼也应该和我们的一样。”

在一栋和马蒂亚的寓所相仿的大楼里住着玛莉娅，一个了不起的寡妇。60来岁的她寡居已有26年，独自把3个孩子拉扯成人。玛莉娅经历了人生中各种艰难的犄角旮旯，但是她脾气很坏，或许正因为此她才能够克服各种困难。而最近的一次困境发生在大约一年前。那是一个荒唐的故事，曾令她数月夜不能眠。在经历了一生的牺牲奉献之后，还要在60来岁的时候面对一项子虚乌有的贷款逾期不付的指控，实属不易。

我去她的家里见她，就在马蒂尼广场附近。米兰多民族混居的特征在那里尽收眼底。那是7月的一个下午，天空灰蒙蒙的，湿热难当。天气预报里也没有什么好消息，闷热将持续整个周末。

空调倒是让客厅降温不少，但同时也让空气变得异常干燥，让人很不舒服。一个银色的相框立在柜子上。相框两侧摆放着两个小小的石膏雕塑，一个是圣毕奥神甫[①]，一个是洛雷托的黑面圣母。一个写着“请永远保护我们”的耶稣小圣像倚在一根蜡油已然耗尽的烛台上。这个小小的信仰之角深深触动了我。那是一种美好的味道，一种不会消逝的回忆之美，像梦境一样，不管秋冬春夏，无论人生短长。

玛莉娅为我煮了一杯咖啡，是那种我偏爱的咖啡，用摩卡壶煮就，黑色的，沸腾的。她还为我端出一个让人爱不释手的小铁盒，里面密封着上好的黄油饼干。她对此特别自豪：“这是德国带回来的，我的二儿子在斯图加特工作。”

玛莉娅是一起身份盗用案的受害者。虽然她没有证

---

① Pio of Pietrelcina（1887—1968），意大利嘉布遣会的天主教神甫、受圣伤者、神秘主义者，2002 年被罗马教廷追封为圣人。

据，但是她显然被人翻垃圾桶了。她没有电脑，不用在线银行，没有脸书和电邮，什么都没有。不过，发生在她身上的事情却十分可怕。

一切开始于2011年12月。那天，她在信箱里发现一张贷款公司的催缴通知，催促她缴付19000欧元的款项。

“里面没有写其他内容，只是说我得付这笔钱，并和这家公司联络。除此之外，他们提醒我尽快办理，因为这是‘多次催缴’后的最后一次。然而，这其实是我第一次收到此类信件。我一到家就急忙给住在米兰的儿子莱奥纳多打电话。他下午就立刻赶来我这边。”

玛莉娅收到的挂号信犹如晴天霹雳。莱奥纳多当天下午就联系了信贷公司，想问明白是怎么一回事。他们给出的答案是，他的妈妈需要结清一笔19000欧元的汽车购买贷款。

“可我连驾照都没有！”玛莉娅愤愤地说。

与此同时，信贷公司给莱奥纳多寄来一份合同副本，证明他妈妈的贷款记录。当天晚上，玛莉娅向米兰的邮政警局报了案。在分析了合同细节之后，警方初步发现了一些不吻合之处。首先，驾照号码是无效的，玛莉娅根本没有驾照。其次，通讯地址是错的。正因为此，“多次催缴”的信件才从未送达玛莉娅手中。起初的那些贷款催缴信被寄到了一个错误的地址，直到最后，贷款公司经过深入分析，才找到了玛莉娅的真实住址。

这些合同上的不吻合之处立刻成为邮政警察的证据，证明这个女人是身份盗用案的受害者。这一故事远远超过了购买汽车一项。骇客成功杜撰了一个和玛莉娅平行的生活。他们在同一个活期账户下开通了信用借贷，并成功流转了非法资金。玛莉娅可能会因为牵扯到洗钱等极为严重的罪行而遭到起诉。

“我不得不承认，之后的几个月时间里，我成天担惊受怕。知道有人在盗用你的名字和生活从事肮脏的勾当，那种感觉真是糟糕透顶，是那种你绝对不会祝福其他人拥有的感觉。我这一生中，从来没有偷过哪怕一分钱，我为了家庭作出了巨大的牺牲。可是等你年过花甲的某一天，他们跑来告诉你，说有人用你的名字买了一台汽车，以及干出其他财务方面的违法勾当。我真的感觉自己的隐私被人侵犯了，就好像被人强暴了一样。”

直到半年之后，玛莉娅才慢慢从这一事件的阴影中走出来，尽管肇事者仍然逍遥法外。

我离开前，她给我看了孙辈的照片。最大的那个生活在德国，叫弗朗切斯科，“和他爷爷的名字一样”。最小的那个叫玛莉娅，和她的名字一样。她给我看这些照片的时候，眼睛里闪烁着光芒。

我离开玛莉娅的寓所大楼时，看了一眼分类垃圾桶。我盯着白色的废纸桶，想象着整个身份盗用的故事就从那里诞生。是账单的错吗？是收据的错吗？是善心捐款的错吗？谁知道呢。但一定是**翻垃圾桶**的错。这一点毋庸置疑。

我常常回想起玛莉娅的故事，想象着此类事件发生在其他人身上的可能性。我倒是在统计数据中找到了些许安慰。在身份盗用的各种技术手段中，翻垃圾桶相对不太常见。正如之前已经提到的，数据的收集需要通过第三方，因此运作无法做到迅速快捷，必须跨过真实世界，才能最终进入虚拟世界。

真正的恶魔有另外的名字和另外的行动方式。目的相同，即盗用身份，在互联网上构建平行的生活，只是方法变了，全部在网上完成。这个真正的恶魔叫做网钓，是每一家银行和每一个互联网用户的噩梦。单单那些统计数字就足够耸人听闻：受到网钓攻击的互联网用户去年一年增加了 87%，由 1990 万增加到 3770 万。这是著名的防毒软件生产商卡巴斯基实验室于 2013 年 6 月提交的有关 2011—2013 年网钓攻击演变的研究报告的数据。这份报告还指出，每天都有 102100 人次成为此类信息犯罪的受害者。

攻击过程其实十分平常，对于一个具有基础计算机知识的用户而言，这种小把戏很容易就被识破。然而，网钓的真正目标是那些菜鸟级用户，例如在脸书上消磨时间的家庭主妇、对互联网一知半解的退休人士。他们是最常见的受害者，而网上银行则是另一大袭击目标。

如今，几乎人人都有一个可以直接通过自己的计算机管理的银行账户，只需简单的几步点击就可以完成一项付款，检查信用卡的支付记录，查看账户的活动情况。互联网服务在网络和银行之间建立了强大联系，哪怕这种联系只是一种心理安慰。银行在你家，银行在你的电脑上，白天或黑夜的任何时刻都可以为你服务，无需在银行窗口前排那又臭又长的队伍。然而这一切无疑便利了网钓骇客的工作，他们将火力集中在伪装和欺骗上。

网钓骇客是那些给你发送和银行信件相同邮件的人。他们请你登录你的账户，通常会给你一个重要原因：账户过期、巨额贷款、异常交易。他们会给你提供一个登录链接，将你带入一个和平时管理资金的网上银行极度相似的网站。一旦你进入那个网站，他们就会让你输入个人信息登录。而一旦这一步操作完成，你也差不多完蛋了。就在那一刻，骇客已经获得了他们所期待的东西：你的个人资料以及进入你个人账户的办法。你相当于将生活中的重要一块白白奉送给他们。

这一攻击方式当然不仅仅局限于电子邮件，虽然人们常常误以为是那样。实际上，通过电子邮箱账户点击的网钓链接仅仅占到总数的12%。这也是卡巴斯基实验室所提供的研究数据。88%的链接是在你正常上网浏览的过程中自动从浏览器上弹出的。这一回，那些臭名昭著的网页横幅广告宣告了胜利，还有那些特别讨人厌的自动弹出的小窗口，也许是一段某个临时出现的金融专家许诺你赚快钱的音频。

然而，网钓骇客手中的成功法宝是那些色情背景的小窗口。这属于社会工程学的范畴。要找到一种最快捷的办法来说服用户点击某个链接或横幅广告，在这个世界上还没有其他可以和性相提并论的办法。横幅广告会展示一个女人的裸体、一个家庭主妇面对摄像头宽衣解带的照片、某个著名歌舞女郎展示自己胸部的图像，这些都是鼓励电脑用户点击的强大力量。性冲动是强劲有力的，对于一个可以满足性幻想的内容，我们显然时刻准备着，甚至不惜犯下那些可能摧毁我们生活的错误。

一个丰满的女人邀请你点击她的胸部，让她宽衣解带，只不过是一名网钓骇客企图主宰你的个人电脑的手段而已。只要一下点击，该死的一下点击，游戏就结束了。设计这个小把戏的骇客隐藏了一个小软件（通常被称为间谍软件），可以瞬间在你的电脑上安装。通过这个小软件，他便可以追踪到你在线操作的任何内容，包括网上银行的管理。

网钓受害者的故事数不胜数，五花八门的故事和千奇百怪的经历充斥着相关主题论坛的一个又一个网页。有用户去传媒世界网买电视机，但是无法获得贷款，因为有人已经以他的名义贷过款却没有按期付按揭；有用户在毫不知情的情况下，因为某种紧急状况向所有的邮件联系人发送了借钱请求。

归根结底，自我防卫是最好的武器，也是唯一可行的武器。身份盗用是一种犯罪，是我们必须正视的问题。我们必须作好自我保护。Adiconsum 编写过一份随身手册，其中详细说明了减少骇客袭击风险的关键步骤。

首先，在越来越普及的社交网络上输入个人信息时需要格外谨慎。缺乏必要隐私保护的脸书账户就好比托着银盘，将装有鲜血的杯子奉送给吸血鬼。搜罗个人信息的骇客早就垂涎三尺了。

Adiconsum 提出的另一种自我防卫法就是摧毁重要

文件，绝不可以将工资证明之类的重要文件随手扔掉，在扔掉之前必须先销毁，因为那些纸张上有你的生活，随时可能被他人据为己有。

当然，最好只用电脑浏览那些安全的网站，保持防毒软件更新，避免在电子邮件里提供敏感信息，避免参与那些无聊透顶的连锁信游戏，那里常常有贪恋电子邮件地址的网钓骇客的影子。

此外，Adiconsum 认为，最好在家里或者其他某个安全的地方保存所有个人证件的复印件，包括护照、驾照、持枪证、从业证等等；最好不要将所有的身份证件存放在同一个地方，尤其是在你旅行的时候，大可不必随身带上所有这些证件；绝对不要像其他人透露自己的个人信息，除非此人非常可靠；万一信用卡发卡行或者供应商需要你的证件，记得先通过电话小心核实其可信度。

其他的好习惯包括注意查看信用卡对账单和水电煤

气费账单的送达状况。如果账单到达时间不规律，说明可能有人窃取了你的信箱，说明你有被人**翻垃圾桶**的风险。碰到这种情况，Adiconsum 建议你立刻联系银行或者其他服务单位。

当你需要寄送敏感文件时，最好选用挂号信，相比那些经济实惠但风险较大的邮寄服务而言，挂号信虽然更贵，但更加安全。

最后就是留意各种密码。日常生活的虚拟化将我们淹没在各种安全密码里，需要密码进入任何东西。人们常常会使用同一个字母和数字的组合，以防自己忘记密码。而**骇客**正是利用这一点来撬锁。知道了一个脸书用户的登录密码，十有八九就掌握了他的电子邮箱密码，以及其他谁知道多少个网上服务的密码。这些密码需要大家加以区别。

总之，如果信息犯罪真的已经成为我们生活的一部分，那么我们唯一可能的防范措施就是小心谨慎，警觉提防。家里的沙发和架在腿上的手提电脑不应该向我们灌输一种绝对安全的感觉，因为如今的互联网越来越成为真实生活的一部分。在真实的生活中，有好人也有坏人，就好像童话教我们的一样。钱财的虚拟化使每一个网页，包括那些最无关紧要的，都成为某种潜在的资源，并生成潜在的危险。如果你对黑客的印象还停留在那些闯入跨国公司或政客网站以揭露谎言的网络宅男的话，如今是时候忘记那些刻板印象了，因为很多事情已经发生了改变。在数字犯罪时代，那些因社会新闻、调查报告、高利贷和毒品买卖填充报纸页面的传统黑帮和犯罪组织也早已鸟枪换炮了。如今的卡莫拉、光荣会和黑手党也上线了。他们坐在显示器前作案。马蒂亚说得没错，也许我们真的该警醒警醒了。

第三章　数码窃贼

很多年里，我唯一做的事情就是盗窃。如果我有钱，我就不会变成一名罪犯，但是我大概也成不了一位作家。

——爱德华·邦克①

① Edward Bunker（1933—2005），美国作家、演员，早年为犯罪组织成员，多次被捕入狱。

网络越来越像逛街散步的街道了。这是一条没有终点的街道，既和巴黎的精品店交会，也和里约的贫民窟相交。在这条路上，合法与犯罪交融混合，同为一体。每一个转角处都有一个虎视眈眈的家伙随时准备偷你的包，如果你没有把包拽紧的话。同一时间鼠标既是追踪你的杀手也是保护你的盾牌。危机无处不在，并不存在更加安全的角落。这种状态长久持续，没有终点，因为虚拟世界没有时间表。对于网络小偷而言，白天和黑夜并无不同。

我们每一次打开邮件，每一次登陆网上银行，每一次用信用卡网上购物的时候，总有一个人在世界的某个地方随时准备盗用我们的身份，窃取我们的钱财。没有人知道那个人藏在什么角落，也许在大西洋对岸某个阴暗潮湿的房间里，也许在俄罗斯某间酒店的豪华套房里。有人虽然从未与我们谋面，却堂而皇之地使用着我们的身份，进行银行交易、租赁汽车、预订酒店；有人挥霍上万欧元玩在线扑克，因为那笔钱是从我们的账户里支取的，那笔钱原本是我们存下来买新车用的；有人窃取我们的个人资料，因为那些资料很抢手，早有买家手捧着一大笔钱接手，而那些买家正是犯罪组织。

正如在现实生活中，甚至超越现实生活，2.0 版的罪犯纵贯每一个社会阶层，从大型银行机构到普通市民，每一个人都是潜在的受害者。这取决于骇客的技术能力，取决于他对钱财的痴迷程度，也取决于他所效力的组织。每一笔窃取金额从几欧元到上百万欧元不等，但是总和的数字意义重大，因为该数字说明了数字犯罪涉及极为庞大的交易额，甚至大于毒品交易的总额。

诺顿数码犯罪2012年度报告正揭示了这一点。这项研究由作为信息安全龙头企业之一的著名防病毒软件诺顿的生产商赛门铁克实现。报告指出，一方面，普通用户对信息安全缺乏关注；另一方面，数字罪犯毫不留情地持续发酵。两者相结合所造成的损失每年可达到3880亿美元（约2760亿欧元）。赛门铁克的报告不仅将遭遇信息攻击的24个国家所受到的直接经济损失计算在内（每年大约有1140亿美元），也量化了为解决这些信息犯罪问题所花费的时间成本（每年大约为2740亿美元）。

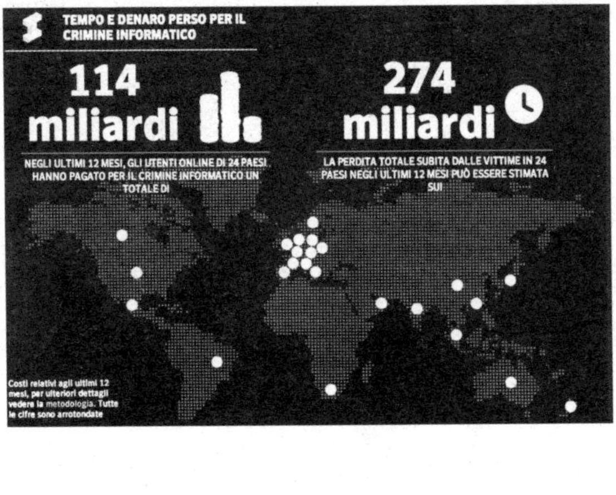

左上：信息犯罪所耗费的时间和金钱

左：1140亿：在过去的一年里，24个国家的网络用户因信息犯罪而遭遇的直接经济损失

右：2740亿：在过去的一年里，受害者因信息犯罪所花费的时间成本估算总额

左下：如需了解过去一年里的相关费用详情，请参看metodologia。所有的数据四舍五入。

我们可以将这些数据和全球毒品交易进行比较。根据联合国的2012年度毒品报告，全球市场的海洛因、可卡因和大麻的交易额大约为一年3000亿美元，比数字犯罪差不多少1000亿美元。而游戏不过刚刚开始。网络的持续扩张让统计数据不断膨胀，交易额不断增加，因为当今的互联网仍然处于净增长阶段。Bestedsites咨询公司的调查指出，全球连入互联网的人数从2002年的5.69亿上升到2012年的22.7亿。至今，

全世界仍然有大约65%的人口还没有被互联网数据覆盖。

住在我家楼下的机修工里卡尔多也对数字犯罪的交易额作出了贡献。他被骗了80欧元。当他告诉我这件事的时候，我还拿他开了玩笑。因为损失的金额微不足道，所以可以当作笑料一笑置之。

马蒂亚显然不认同我的想法：“别以为这些金额小得微不足道。你要搞清楚的是，他们到底制造了多少次80欧元的小金额袭击。要是有一百个和你家楼下的机修工一样的笨蛋，加在一起就会贡献8000欧元。只需要很简单的一个程序植入，你明白吗？然后将这个简单的程序植入翻100倍，会变成多少……大金额正是依赖于这些不足为道的小数额。”

里卡尔多想买一个PlayStation，送给儿子弗朗切斯科作生日礼物。由于目前的经济状况不是很好，在米兰开一家修车行也不是那么容易，于是他决定上网看一看，就是那种普普通通、类似 eBay 的网上商城。“我心想，买个二手的也不错。别人都告诉我网上什么都可以找到。”

没想到，里卡尔多还真是找到了好东西。“九成新 PlayStation3，没有过质保期限”，销售广告如是说，旁边还配了产品图片和规格。至于价格吗？80 欧元。这个价格的确低得离谱，不免让人生疑，不过又仿佛没有什么不妥。

“下面还留了电话号码。也就是说，我甚至和那个骗我 80 欧元的家伙通过电话。”里卡尔多告诉我，通电话的时候，他正在等午休前的最后一位客人来车行取车。“还有更滑稽的事情，你想知道吗？”

“说吧。”我回答。

“那个家伙还编了一个神叨叨的故事。他自称是维罗纳的宪兵，买了个游戏机却没时间玩。你听明白了吗？他自称是宪兵……你怎么可能去怀疑呢？”

“然后呢？”

“然后我就去了曼托瓦路的邮局，往他的 Postepay 上打钱。我打过去 80 欧元，还特别打电话告诉他。他接了电话，告诉我没问题，下午就会把东西寄给我。然而，从那天下午开始，他的手机就一直关机，而我也没有收到任何东西。”

“你报案了吗？”我问。

“报案？怎么说呢，这个？……为了 80 欧元，我得跑去警察局排上 3 个小时队。为了这几个打了水漂的小钱，我还得赔上时间关门休业。已经被人骗了，就自认倒霉吧。谁又会为这种小事报案呢？”

里卡尔多的认命是犯罪组织的制胜因素。发生在他身上的事情属于在线诈骗的常规现象。

在这种情况下，犯罪分子根本不需要什么专业的计算机头脑。网络上存在着成百上千个多少有些名气的自由买卖网站，既有 C2C 私人平台，也有推销自家产品的 B2C 企业平台。一部被你淘汰的旧手机、一个车载电台、一台旧计算机、一张生日时收到的多余重复的 CD、一双挤脚的鞋，以及其他任何一件可以转售的物品。网站系统相当简单低能。小偷只需发布 4 至 5 个销售贴士，也许配上照片，有时候还会留一个不知挂在谁名下的手机号。通常情况下，他们给出的价格远远低于市场价，转售的原因往往充满想象力：多出来的礼物、突然搬家等等，目标无非是在 48 至 72 个小时内接到尽可能多的购买请求。然而，这件出售的物品根本不存在。他们会将这件虚无的物品卖给尽可能多的客户，并向他们提供一个 Postepay 的收款账号。该账号没准挂在某个蒙在鼓里的退休人士名下，抑或某个非欧盟移民名下。销售贴士里提供的电话号码可以在两三天内打通。卖家会表现出可信度，并承诺向买家寄送实物，而实际上他根本不会寄。此后，电话就再也打不通了。如果运气好的话，一次甚至可以进账1至2万欧元。

我在网上查找类似里卡尔多的故事，果然翻出了大量善良的人们所遭遇的上当经历，过程和我楼下的修车师傅如出一辙。成千上万个剧情雷同的故事出现在论坛、脸书和网上商城的留言栏里。大家的经历大同小异，每个人都有一种深深的无力感。那种无力感会随着时间分分秒秒的流逝来袭击你，变成一个挑战神经的游戏：你在一边，消失的卖家在另一边。几十封邮件石沉大海，几百通电话落入真空。

“这也是互联网的一部分，老弟！”马蒂亚听我讲论坛上看来的受骗遭遇时感慨道。

住在安科纳省洛雷托市的一名音乐老师卢卡·B于2013年4月6日在电视节目《鬣狗秀》的脸书专页上发布了这样几行文字：

2013年3月25日，我在eBay上看到了法拉诺瓦雷塞市一个叫做瓦特·多利亚的家伙张贴的广告，出售架子鼓上用的双踏板，于是便给他留言。第二天，瓦特·多利亚（税号DROVTR84D13Z129R，国籍罗马尼亚）给我回复邮件，确认销售广告里的商品价格为300欧元，另加20欧元邮寄费，需要通过Postepay支付。

我就像一条鱼一样上钩了，根本不知道那是彻头彻尾的网络骗局，坐等着Postepay充值购买的物品。我至今没有收到任何商品，而我的钱早就他妈的进了骗子的腰包。

这还不是故事的全部。我向eBay网管举报了这一违法行径，那条销售广告被立刻屏蔽。然而，那个骗子显然还在继续行骗，因为就在我向网管举报前，我用另外一个电子邮件地址联系那个瓦特·多利亚，假装对他出售的商品感兴趣。昨天，我收到了他的回信，信中确认含邮价为320欧元，邮政SDA保险快递，一天到货，接受Postepay充值支付。我今天回复了他的邮件，告诉他我是本地人，可以当面交货。

谢谢大家的热心关注，我会继续向大家更新事件动态。

在网站occhioallatruffa.net上可以看到类似的故事泛滥成灾，然而令人咋舌的是诈骗手法千篇一律。齐雅拉用自己的受骗经历提醒他人谨防诈骗：

大家好，我想提醒大家特别小心一个来自克罗托内的家伙，叫做萨维利奥·S（我知道他行骗有一段时间了）。还是在9月1号的时候，我看到一则手机出售广告，于是给卖家留言咨询，并多次坚持用PayPal支付或银行转账，我甚至要他把身份证、照片和手机号发电子邮件给我，而他居然照做了！！！！！我们通过好几次电话，最终我被他说服用Postepay支付250欧元，收款账号是4023600648053686，持卡人为路易吉·D. M，和他发给我的身份证持有人是同一个人。美好的童话故事就此结束……我用其他号码联系他，他会接听，但是那些他知道的号码就会被电话秘书自动屏蔽。

我假装成另一个买家，成功和他取得电话联系，并给了他另外一个电子邮件地址。这一回，他自称萨维利奥·S。我后来在网上找到了关于这个名字的很多信息。至于付款，他还是给我那个路易吉·D. M的账号。

在线骗局利用最多的物品是那些低成本科技产品：手机、手提电脑、电子键盘。从这个意义上讲，网络鱼龙混杂。在那些比价网站上，eBay 的最畅销商品和“最低价”展开了价格大战。就在这样混乱的市场竞争中，当每个人都在呼喊奇迹的时候，犯罪组织浑水摸鱼。他们的组织系统建立在对社会经济模式的深刻理解上，虽不是什么实实在在的规则，却相当有迹可循。他们知道，那些在 C2C 销售平台上找手机的用户一定不会是富裕的企业家。他们在电子商务平台上左嗅右闻无非是为了省两个钱，比如梦想拥有最新款苹果手机的学生，像里卡尔多那样的蓝领工人，既想给儿子买生日礼物，又想省下几个子儿。这些人即使被骗，也不会愿意再花上千欧元请律师。打一个结局难测的官司，既费钱又费时。而这一点恰恰被那些网上诈骗集团所利用。上当受骗者在穷追不舍发了几个星期邮件并威胁报案之后，几乎一定会让步放弃，败下阵来。

马蒂亚对这类犯罪行为的分析很有说服力，尤其是对那些肇事者的分析：“如果我们将这类网络诈骗和真实生活中的偷盗相比，我们很有可能觉得稀疏平常，就好比走在马路上被偷个包，或者车里的车载电台被人撬走。在 90 年代，那些小毛贼在马路上顺走老太太包里的 10000 里拉；如今，他们要点小把戏，在网上蹭走你一点钱。不过，网络诈骗风险要小得多，不大容易遭遇危险，搭上性命。”

年少的时候，就在我长大的地方，我还真是亲眼见过有人被当街打死的，或许是因为偷了不该偷的人的车载电台，或许是因为在一个不该招摇的街区偷了某个老太太的包。

卢齐亚诺当年就是这方面的专家。我的意思是，被人打的专家。他是独生子，刚几个月大的时候，父亲就不见了踪迹，于是从小就对外表现出一种攻击性。可惜他的身体看起来过于单薄，无法让自己成为一个人见人怕的角色。

他 10 岁就已经抽黄骆驼，那种特别呛口的，有时候甚至撕掉半个过滤嘴，好让味道更重；他 13 岁就已经会熟练地卷大麻烟，将大麻藏在中学的厕所里，和那些至少比他大 10 来岁的青年厮混；他 16 岁就已经开始注射海洛因，克罗托内几乎没人不认识他。他偷完了自家东西，就去外婆家偷，家里藏的黄金不出几个礼拜就全部不翼而飞，于是他跑去那些没有什么防范能力的孤寡老人家行窃。他偷钱，也偷项链、戒指、手链，把金子倒卖出去，换海洛因来抽。

然而，与行窃相伴的是一次又一次被人往死里打。一天，卢齐亚诺钻进第 n 间公寓时被逮了个正着。他被人从阳台上扔下去，幸好只是二楼。随后，有五个人扑到他身上，揪住他的手腕，用木匠用的大锤子狠狠地敲打他的手，一根指头接着一根。可当我一个星期后再见到他时，谁知道他又干了什么出格的事情。

最让我想不通的是卢齐亚诺的抗打能力。面对每一次拳打脚踢，他都能照单全收。脸上攒满了各种伤疤，记录了每一次挨拳头的故事。

卢齐亚诺脸上最显著的伤疤是在上嘴唇上，那是被人用头撞他的牙齿后送到急救中心缝针留下的印记。那天，他在克罗托内的方多耶稣街区栽了跟头。那个街区的少年都过早看尽了世界的残酷，早早地像成人一样生活。按照威廉·巴勒斯[①]的讲法，卢齐亚诺当时正“猴子上背”。海洛因的毒瘾好比莽撞的猛兽，催促你做一些傻事，比如偷一个正要去买菜的老太太的钱包。几个小时之后，卢齐亚诺已经躺在克罗托内医院的病床上，上嘴唇缝了 50 针，外加两颗磕碎的牙齿。回过头来看整个事件经过，不得不说他已经算福大命大了。被偷的老太太是阿尔坎杰罗的妈妈。阿尔坎杰罗是为老板走私武器、摧毁物证汽车的保镖打手。卢齐亚诺没过多久就被他找了出来，口袋里还热乎乎地揣着刚偷来的钱。阿

① William Burroughs（1914—1997），美国作家。他在成名作《瘾君子》中将毒瘾发作的情形描述为“猴子上背”。

尔坎杰罗本想直接了结了他，要不是刚好有巡警经过的话。不过皮肉之苦是肯定少不了的，那真是一顿要命的毒打。

卢齐亚诺如今有35岁了，他还活着简直就是个奇迹。几年前，他戒掉了海洛因，在一家戒毒所里完成了艰难的戒毒治疗，这一点谁都没有想到。现在，他还酗酒，抽大麻，偷东西的毛病也没能改掉。不过，他也与时俱进，跟上了互联网的浪潮。他和几个朋友全身心地投入网络诈骗的行当中，摇身一变，成为eBay和subito.it等一类网站的虚假广告专家。一次科技革命让他免于拳打脚踢之苦，却没有能逃过警察的骚扰。他和他的团伙在过去5年内已经2次被抓进监狱了。

他们从打广告销售不存在的商品开始，然后逐渐改变商品门类，集中火力于网上诈骗的新战线——根本不存在的虚假度假屋。

他们侵入网络系统，手法还是在C2C网络集市上张贴广告。不过，这次并不是要出售任何商品，而是出租海滨公寓。广告会在每年的4月和5月登出，并保留至6月底，也就是一直等到第一批经验不足的度假者落入圈套。到了6月，他们会进行第二轮广告宣传。他们会更换电话号码、屋主名字、(假)出租屋的照片。只是背后操作的仍然是同一个团队。只要看一看那些中招游客的叙述就可以明白类似诈骗案的来龙去脉。这条于2013年7月贴在“雅虎知识堂”上的公开讨论帖很有代表性。

劳伦佐写道：

大家好，我在网上租卡托利卡的度假屋时被两个家伙骗了。我想问问有没有遭遇类似骗局的网友，我想把那两个家伙找出来！

罗伯特的回复：

我也不幸被骗了。本来8月3号星期六那天，我要去切尔维亚镇的意大利大街62号的公寓，但是对方不听我电话。那个狗娘养的，当初为了让我相信，甚至把证件（当然是假的）电邮给我了，后来我就往他德意志银行的账户汇了订金。我会向银行的熟人打听打听，看看有没有什么办法。要是有人知道骗子的消息，或者通过什么途径能把钱拿回来，哪怕是有什么办法教训教训骗子，我们都可以相互分享一下。

菲利普·T的回复：

你好……今天我哥哥和几个朋友去里乔内度假了。他们也是在网上看到了公寓出租广告，一周租金600欧。于是他们给房主打电话，一个叫做什么齐洛·加布里埃莱的家伙。他让我哥他们把钱打到他岳父农奇奥·布翁菲利奥的户头上。

结果他们今天到了那里之后，没有找到任何人。于是他们就给那个家伙打电话，可是打了很多次都没人接。我不知道这会不会是同一伙人，总之我们希望问题能够得到解决。

萨瓦托雷的回复：

我也被一个叫做齐洛·加布里埃莱的家伙骗了，也是出租里乔内的公寓。我一共汇了240欧元到IBAN IT20C0301503200000003467028，户主是农奇奥·布翁菲利奥，号称是齐洛·加布里埃莱的岳父，电话是3274287692，传真是0692931606。

祝你好运。我还有一些信息，不过出于隐私考虑，不便公布出来。我还不知道怎么跟我的孩子们解释呢。我操！

芭芭拉的回复：

你好。我们一家也被骗了……和你一样，也是卡托利卡镇的海滨公寓。我联络了邮政警察，他们让我去警局正式立案。作案的家伙要是看到我们的留言说不定会偷着乐呢……总之我费了老大劲跟小儿子解释，今年我们得留在家里过暑假，告诉他这个世界上有一些败类利用别人的善良和信任过活。

我觉得我们不可能挽回什么，就当是一次教训吧，希望有更多人看到我们的对话，并采取一定的防范措施，不要再轻易上当中招。

杰拉德的回复：

我是大约一周前被骗的……情况差不多：汇完订金，房主就消失得无影无踪了……我要谢谢这个安东尼奥·卢索先生，谢谢他摧毁了我和孩子们的假期，等了一年才等来的假期，存了一年的钱就这么打了水漂……我恳求上帝，别让我找到这个安东尼奥，管你个傻逼叫什么名字呢！！！！别让我找到你，否则我一定会揍到你爬不起来，好叫你长点记性！！！！！！我宁可去蹲监狱，也不想看见我的孩子们因为你干的好事哭个不停！！！！！总之，你给我安分点，总有一天警察会逮住你的，别以为自己有多狡猾……你已经留下了很重要的线索……算你有种！

真是不要脸！当着小孩的面，这些浑蛋也不知道避讳……

文琴佐的回复：

你好。

我也遭遇了同样的骗局。我在瓦斯托马里纳镇租了一套房，不过等我付完600欧元订金后，房主就消失了。我建了一个电邮群来分享类似经历并收集信息，希望能发现一些线索。

那些躲在虚假出租房背后动手脚的家伙是货真价实的犯罪组织，他们利用网络攫取了成千上万欧元。那些老实被骗的倒霉蛋只能聚在某个论坛上吐槽，寻找有着同样遭遇的人，分享同样的怨气。有的人像文琴佐那样试图通过创建网络群组和电邮群来协助邮政警察办案；有的人像芭芭拉和杰拉德那样攒了一年钱，准备带孩子们去海边度假，最后却不得不窝在家里过暑假；也有一些人照旧起程，只是他们心里也明白这个夏天早已不再是相同的滋味，因为钱被骗走了，他们只能委曲求全，找别的解决办法。克里斯蒂安，一名年轻的酒吧招待，和女友一起在卡拉布里亚大区的索维拉托市租了一套公寓，结果被人骗了。

我是在 8 月 1 号的下午见到他的。米兰已经被烈日烤焦，太阳火辣辣地灼烧着大楼屋顶，公共汽车上的空调喷射着冷气，却不过是暂时的安慰，而且如果你凑得太近，很可能会四肢麻木。一群日本游客躲在一家帽子店里找荫凉。他们的脸上写满了好奇，一边仔细打量着埃曼努埃尔长廊上的每一个角落，一边听着导游对着耳麦讲叙这座城市的趣闻逸事。

我懒洋洋地走在街上，不想错过任何屋檐或阳台下的荫凉。我贴着墙走，就好像在下雨天。想起来也是好笑，其实我现在连做梦都想着来一场暴风雨呢。闷热的空气让人窒息，蚊子乐此不疲地四处作业。卖玫瑰的小贩游走在这座半空的城市，再过一个礼拜，城里会变得更加人烟稀少，只有玻利维亚移民不会离开。这很明显，因为一到礼拜天，他们就会聚集到郊区的一些地方。和布雷索市交接的市北公园就是他们的地盘。伊德罗斯卡洛湖也是他们的人比较多。玻利维亚人，他们不会离开。

克里斯蒂安工作的“小酒吧”在杰罗拉莫·莫罗内路上，是曼佐尼路的一条支路，位于斯卡拉大剧院和蒙特拿破仑大街之间。那里是米兰的中心地带，尽管 8 月 1 号也是空荡荡的。我们见面大约在下午 4 点，克里斯蒂安已经完成了他咖啡、牛角面包和送餐上门的一天。他和我那个有可卡因毒瘾的酒吧招待齐柯一点都不像。克里斯蒂安总是一副平静的样子，即便是在他累得两腿发软的时候。我们一起出去走了走。他点燃一根美丽特烟，狠狠吸了几口，恨不得这样就可以解除身上所有的疲乏。

“这是我今天不慌不忙抽的第一根烟。”他告诉我，“送餐的时候，都是急急忙忙三两口就抽完了。现在才是我真正提神放松的时刻。”

克里斯蒂安早就晒成了古铜色，虽然他的假期两周后才开始。我说这个的时候，他不好意思地笑了。“这是在朗普尼亚诺街区的泳池晒出来的。”他略带沮丧地坦白道。

然而现在，假期将至，出发前所剩的最后一点力气都朝着肾上腺素聚集，时时刻刻地不断增长。3 周假期后再回来酒吧上班。这是等了一整年的 3 个礼拜。我们聊格拉托索利奥，聊米兰郊区的生活，聊堵车，聊炎热的天气和“今年比往年更富侵略性”的蚊子。然后，他向我讲述了遭遇租房诈骗的经过，和别人已经写出来的版本雷同，是我非常熟悉的故事。

“我和我女朋友 6 月份在网上订了一套索维拉托市的海滨公寓，交了 500 欧元订金，另外 500 欧说好在拿钥匙的时候支付。”

“然后呢？”

“然后就被骗了。”

他停顿了一会儿，点燃另一支美丽特。我注意到他的眼神里混杂着愤怒和自嘲。他有心拿这件事情说笑，说到后来甚至时不时笑得停不下来，以至于无法正常说话。稍稍平复了心情后，他继续说道：“我们是在前天下午才意识到上当了。我当时在上班，我女朋友已经提前到卡拉布里亚了。她比我早去几天，因为那边有亲戚。我告诉你，那个房东不见了踪迹，甚至那套房子根本就不存在。我为一套根本不存在的房子付了订金。我连续给那个家伙打了两天电话，但是一点办法也没有……那个号码根本找不到他。实际上早在一个礼拜前，我就已经有所怀疑，因为我给他写电邮确认抵达日期，但是他没有回复我。”

我打断他，用略带先见之明的语气问他：“就没人告诉过你，网上消费的时候一定不要往别人的 Postepay 上打钱吗？”

我确定克里斯蒂安是栽在了那种最常见的网络诈骗上，我随便就可以跟他讲几十个一模一样的故事。

没想到他盯着我，笑了笑，顶回来说："当然知道！那个什么 Postepay，我又不是傻瓜！我是给他银行转账的。当时我还挺确定的，明白吗？我是给一个再正常不过的银行账户转账，不过还是被坑了。"

"好吧。如果是银行转账，那就可以逮住他。"

"事实是不行。那个账户不在他名下。我找过银行工作的朋友，追踪到收款方的 IBAN 账号，是洛克里[①]的一个老头子的，已经 80 多岁退休在家。你能想象一个 80 岁的数字罪犯吗？"

"洛克里的？"

"没错，洛克里的。知道这个后，我更加不知道怎么办了。他们告诉我，最好还是不要跟那里的人随便开玩笑。我能做什么？难道我能跟洛克里人打官司吗？反

① Locri，意大利南部雷焦卡拉布里亚省的一个市镇，多个光荣会家族的老巢。

正钱已经丢了，我就当花钱买教训吧。”

克里斯蒂安心灰意冷，不过还是决定两天后照常起程。他女朋友的亲戚为他们留出一个房间，希望伊奥尼亚海的海水和阳光能够将他的沮丧蒸发掉。我们彼此告辞，此时太阳已渐渐落山，躲到了市中心楼宇的后面。

回家的路上，我想到了卢齐亚诺，以及他那个出租虚假公寓的犯罪团伙，说不定他又被送进了监狱，也说不定他正在某个网站上刊登诈骗广告。想象着他已然信息化的犯罪形象，感觉怪怪的，因为我记忆中的那个卢齐亚诺可不是什么计算机天才。我也绝不相信他在这些年里成长为一名计算机高手。然而，因为他的缘故（或者其他像他一样的人的缘故），无数的家庭无法外出度假。那些无辜受骗的家庭遭遇了最最简单的信息犯罪，遭遇了网络诈骗的基础级。这一级别根本用不着什么特别的技能，只要有耐心就好。在这些小小的数字诈骗中（不管是从没寄出的商品，还是根本不存在的房屋押金，实则大同小异），最重要的是以量取胜，并非依靠某一单诈骗生意。

200 个赚 100 欧元的广告诈骗和一个赚 20000 欧元的单起诈骗从收益来看，可能是一回事。然而，200 个赚 100 欧元的广告诈骗被人举报立案的可能性非常非常低，更不要说让邮政警察展开调查；而一起 20000 欧元的诈骗案则几乎一定会被人举报立案，警方也必定会展开调查行动。总之，情况会变得更麻烦。

基础级的信息罪犯倾向于自我满足，并耐心十足。对于像卢齐亚诺那种习惯了小偷小摸的家伙而言，此类犯罪是他们正确的定位。过去他们偷窃是为了买海洛因，如今是为了其他嗜好。

当级别升级，当赛马的赌注变高，玩游戏的数字罪犯就会逐渐失去耐心。那些冒冒失失的骇客为黑帮效力，而贪婪的黑帮永远不会满足。

第四章　骇客与黑帮

扼住市场，抬高价格。这是基本的经济学原理。

——沃尔特·怀特（布莱恩·克兰斯顿饰），《绝命毒师》

在这个无法触摸的网络世界中，在这个每天有100万、每分钟有12起犯罪的流动宇宙中，最雄辩的事实就是网络犯罪组织所展示出的巨大贪婪，一种残忍而原始的贪婪，一种猎杀猎物时根本无需直视的盲目的贪婪。这就是传统黑帮和2.0版黑帮的本质区别。那些曾几何时犯罪组织所定下的寥寥无几的光荣原则早已不复存在。一个将500欧元血汗钱花来度假的酒吧招待和一个腰缠万贯的企业家价值相同。生意就是生意。

在网络集市上的骗术背后隐藏着许多小团伙，小到有时候只有寥寥几名成员。而针对金融机构诈骗、毒品在线市场和其他大额资金流动的活动才是由真正的犯罪组织领导。这些组织有其内部严格的等级、明确的角色和清晰的职能分工。

2.0 版黑帮从传统黑帮那里继承了组织架构。看新闻报道，很容易就会看到类似“数码老板”之类的名词。很多行为都证实了数码黑帮有着垂直的组织架构：一个头目、几个副手、很多小喽啰，和黑手党的穹顶式结构完全相同。然而，并非所有的组织结构都是一样的。也有黑客直接服务于传统的犯罪组织，比如有专家（或者专家团队）受卡莫拉外聘，领取薪资，另外也有组织自主运作。

在网络上，数码老板是不露真名，无法触摸的，对外只是以一个虚构的名字为人们认识，比如丝路网的“恐怖海盗罗伯茨”。老板不会以真面目行动，其行为更像一名企业家，绝不会弄脏自己的双手。老板下面有副手担任副总。此人是老板的亲信，负责向第三层，即组织中层下达指令。中层则利用自己的手下网络（第四层）来袭击和污染尽可能多的计算机，并窃取敏感信息。最后还有第五层，即“倒卖者”，该层级由那些拥有一定人脉，并和传统黑帮洽谈“产品”的人组成。非常完美的模式，非常接近典型黑帮的组织形态。下图是Finjan软件公司的恶意代码研究中心勾画的典型数字黑帮的组织架构。

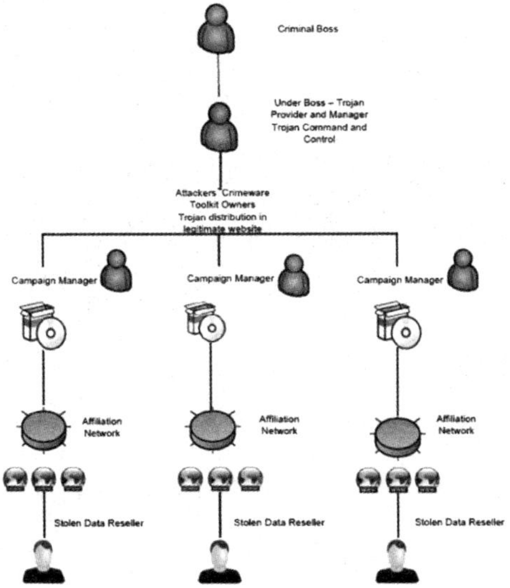

数字黑帮至少以3次世界级的行动向世人傲慢地展示了自身力量。这3次行动宣告了信息犯罪的极大侵略性，及其令人担忧的增长态势。

2008年8月，一名印度黑客，准确地说是印度骇客，成功闯入全球最大的连锁酒店之一“最佳西方”的预定系统。很显然，他们进入系统后的第一件事情就是大张旗鼓地盗窃敏感数据。大约800万个信用卡账号在几分钟之后便出现在黑市上，准确地说，是落入了俄罗斯黑帮之手，因为他们在第一时间就将这些数据买下。

这则由《格拉斯哥周日前锋报》爆出的惊人消息从来没有得到这家连锁酒店的证实。他们将事件低调处理，仅仅承认有一间酒店受到袭击，并且只有极少数客人的信息被盗。很多时候，官方确认说明不了问题，这一事件就属于这种情况。

该连锁酒店仅仅在欧洲就有1312间分店分散在各地，每年有86375间客房入住，报纸估计损失达到46

亿美元，而这些钱统统落入黑帮的口袋。

如今效力于信息安全公司 PrevX 的前黑客雅克·伊拉斯姆斯的评论很能说明问题："网络上有大量偷来的数据库在售，但是和袭击'最佳西方'所窃取的信息相比，不管从数量还是质量上，之前的数据库都显得微不足道。就在星期四晚上(2008 年 8 月 21 日)，信息一到手，专业从事此类工作的俄罗斯团伙就已经开始利用这些信息犯案了。这些数据落在错误的人手里，足以在整个欧洲掀起一波犯罪浪潮。"

2013 年 9 月末的一个早晨，身为电脑安全专家的博客写手布莱恩·克莱布斯发觉，在黑客使用的一个私人服务器上出现了 40G 字节的 Adobe 产品源代码，包括大约 300 万客户的姓名、信用卡和借记卡卡号、卡片到期日以及其他信息。这是一次令人恐惧的袭击。Adobe 官方发言人确认："为谨慎起见，我们正在重置客户密码，帮助客户预防未经授权即进入 Adobe 账户的行为。ID 和密码为袭击锁定目标的客户会收到我公司发出的通知，通知上包含如何修改密码的步骤信息。此外，我们还建议相关客户修改其使用同样 ID 和密码的其他网络账户的密码。同时，我们在联系信用卡被卷入该事件的客户。相关客户会收到我公司发出的通知，通知上包含如何防止不恰当使用个人信息的步骤等补充信息。Adobe 还向那些信用卡被卷入该事件的客户免费提供一年期信息监控服务。我们业已通知负责为 Adobe 管理付款事项的银行，以便同客户发卡行一起协助客户保护账户安全。”

全世界最大的软件企业之一遭到了骇客袭击，并在短短几小时内沦陷。这次事件的幕后黑手是一个货真价实的强大犯罪组织，而绝非单单几名黑客。

然而，被定义为“世纪之击”的事件发生在 2013 年

5 月 10 日。该事件有着匪夷所思的剧情，将半个世界卷入其中，从意大利到美国。这一行动被警方命名为 unlimited，即“无界”行动。一个国际骇客组织天衣无缝地实现了此次袭击，涉及 27 个国家的数千笔 ATM 提款，总金额达到 4.5 亿美金。涉案国家包括比利时、保加利亚、加拿大、哥伦比亚、多米尼加、埃及、爱沙尼亚、法国、德国、英国、印度尼西亚、意大利、日本、拉脱维亚、马来西亚、墨西哥、荷兰、巴基斯坦、罗马尼亚、俄罗斯、南非、西班牙、斯里兰卡、泰国、乌克兰、阿拉伯联合酋长国和美国。

抢劫者没有戴头罩，没有威胁银行职员，也没有闯入保险库。没有，统统没有。他们只是利用计算机和互联网，潜入跨国银行集团的信息网络，从而让自己的同伙毫无干扰地进入 ATM 系统。

闯入安全系统后，骇客先将现金提取额度抬高到最上限，然后让取现团队前往成千上万的 ATM 自动取款机提现。行动结束后，一部分现金被用来购买梦寐以求的豪华汽车和劳力士手表，剩下的则上缴给团伙头目。

早在2012年12月22日，该团伙已经实现了第一次行动。他们闯入沙特阿拉伯的拉斯海马国民银行发行的万事达借记卡系统，在20个国家的ATM自动取款机上实现了4500笔交易，共造成500万美元的损失。单单在纽约，犯罪集团就在2小时25分钟的时间内，从140个ATM取款机上实现了750笔交易，盗取了40万美元。

第二次“无界行动”开始于2月19日，直到第二天才结束。这一次也是侵入一个管理万事达借记卡交易的银行信息系统，发卡行是总部在阿曼的马斯喀特银行。取现团队在大约10个小时内，在24个国家实现了3.6万次交易，提取了大约4000万美金，仅仅在纽约的团伙就从300个自动取款机提取了大约240万美元。在这个没有边界的位元和金钱的海洋中，传统黑帮趾高气昂地插足其中。意大利黑手党、光荣会、卡莫拉、日本极道、三合会、俄罗斯黑手党纷纷从骇客手中购买成品。光荣会就曾从骇客手中购买偷来的身份包从事非法买卖。

此事发生在科森察市。这里的光荣会一直以来就和雷焦卡拉布里亚的帮派有着不同的行事作风，反正对于很多人来说，科森察组织的犯罪行为有别于真正的光荣会，是完完全全另一回事。其实，这是由于他们帮派的历史和传统有别，血统关系不同，倒戈成为警方污点证人的人数也不同(科森察的比例比较高)。

然而，科森察的光荣会是最早和俄罗斯黑客达成协议的意大利犯罪组织之一，并且野心勃勃地涉足身份盗用领域。这一点可以由发生在2010年5月18日黎明时分的“决胜点”行动证实。该行动涉及亚平宁半岛的11个大区，最终有23人被捕。该团伙的首领是阿尔贝托·福西纳托，一个在90年代贩卖汽车的科森察人。

根据指控，正是他涉足这一新意十足的肮脏生意。他与一个俄罗斯黑客团伙合作，利用克隆信用卡犯案，双双获得了丰厚的回报。

“决胜点”行动是第一个真正将传统黑帮世界和数字犯罪组织相联的调查。金钱是促成犯罪双方联系和合作的固体胶。

根据宪兵的案件回顾，犯罪分子拥有两个运作基地，一个在莫斯科，一个在罗马境内的奥斯提亚区。一边是俄罗斯黑客，展示了明码标价的商品，信用卡号码根据其消费限额不同，价格从 20 到 100 美元不等；一边是意大利黑帮，完全不管价格，一掷千金，支付 5 万欧元买进这些信用卡号码，进而直接在意大利完成克隆卡的生产。光荣会组织就在奥斯提亚的一个车库里建造起一个设备先进的实验室。该实验室不仅可以再造信用卡，而且可以制造假身份证和工资单。游戏结束。

克隆信用卡在意大利最好的商店里可以轻而易举地

滑动，消费金额合计达到100万欧元。购入的货品（主要是服装）最终流入卡拉布里亚大区那些投机取巧的小老板的店铺里倒卖。同样的信用卡还被用来购买非常昂贵却永远不会使用的机票，唯一的目的就是赚取积分和现金返还。然而，犯罪机器并没有到此为止。

复西纳托领导的团伙借用可充值的克隆卡，制造了大量的网络诈骗案。他们在网上发布广告，销售那些根本不存在的商品，然后请客户进行传统的充值支付。他们还利用盗用的身份在eBay上进行拍卖。“所有这些犯罪行为，”罗马的助理法官内洛·罗西表示，“利用现实存在的个人信息蒙混过关，因为这些个人信息都可以对应到真实的信用卡、预付卡和电话用户持有人。”

卡莫拉喜欢将骇客养在家里。法布里奇奥·雅内里属于那种计算机天才，不过，他将热情奉献在越界的不法行为上。被捕之前，他通过诈骗信息服务企业、电话公司和银行机构，成功谋取了巨额财富。他从斯坎皮亚、瓦斯托阿雷纳恰和阿格罗诺拉诺等几个街区入手，是卡莫拉组织从事金融犯罪的一员干将。当听闻警察追捕时，他逃往东欧；当警察追捕到东欧时，他又逃往泰国，最后那不勒斯警察凭借自己的坚持不懈才最终将其绳之以法。在一系列密集调查、电话和网络拦截以及财务流动分析后，他最终于 2009 年 12 月 18 日早晨被捕。

间奏　第五大道

你会喜欢纽约的，那是一个不夜城。

——劳伦·墨菲（阿尔贝塔·沃特森饰），《黑客》

已经有几天没有下雨了。刚刚落下的雨滴敲打着炽热的沥青路面，一接触地面就迅速蒸发，空气中升起一股浓烈的刺鼻气味，像极了夏日暴雨将酷热驱散后的那几分钟，从克罗托内海边的混凝土上散发出的气味。而当时的我们，小小的追梦者，会不顾一切地追着足球奔跑，因为只有失败者才会因大雨退缩。

如今这场雨是曼哈顿不期而至的暴雨。在布莱恩公园里，不久前好像还在祈求烈日慈悲的树木正在被暴风雨肆掠，雨后的每一片树叶都在滴水。

“这是大西洋的怒气。”卖花女笑着对我说。

“没错，这是大西洋的怒气。”我点点头，拿走一支玫瑰，在她的收银台上放下 3 个美金。

大雨让毫无准备的游客挤在公共图书馆的窗沿下避雨。第五大道瞬间变成了不知下一站为何处的黄色出租车的海洋。这座城市永远处于匆忙的移动之中。两个荷兰女孩跑过来，头上顶着早已湿透的 Forever 21 的购物袋，以及一份制作粗糙的免费报纸。动作较灵敏的那个像一道闪电一样跳过一个个台阶，另一个努力跟在她身后。突然，她那滴答作响的凉鞋后跟不小心嵌入了大理石缝隙，她重重地摔到地上。一个黑人男孩冲上前扶起她。他们相视而笑，一种心有灵犀的默契。

“该死的雨！”她的表情好像在说。

“你好可爱啊……”这是对方的表情。他在那一瞬间仿佛体会到触电般的爱情。

随后，他们各走各的路，方向完全相反，也许永远不会再碰见。

就在前方几米，是美国缉毒局的警员。他们藏身于两台大皮卡和一台便衣轿车里。他们已经在那里守了两三个钟头了，靠着香烟和口香糖消磨时间。他们的耳麦连着执行总部的信息监控大厅。那是午餐时间，可是他们没有时间吃东西。

在停车处的几十米开外，矗立着一栋22层的摩天大楼，顶楼有一家景观餐厅，可以看到曼哈顿被暴雨当作棋子揉捏的咋舌景观。在布莱恩公园的中心位置，冬天会改造成冰场的草坪早已布满了泥潭和水坑。不过从顶楼餐厅看去，草坪还是那么绿意盎然。挤缩在窗沿下的人们看起来像一只只彩色的蚂蚁。汽车沿着第五大道排起了长队，像一排排没有尽头的多米诺骨牌，从哈林区一直延伸到华盛顿广场公园。

在这样的餐厅吃饭，座位的选择很有讲究。如果你运气好，刚好可以坐在窗边，便可以一边咀嚼牛排，一边品味纽约。最好的位置无疑是面朝西南的，那里不仅是餐厅唯一一处可以在新年夜看到时代广场魔法球的地方，也是餐厅最私密的位置。这里比餐厅的其余地方微微高出一块，且有一小排植物制造了恰到好处的隐私环境。这一理想的座位十分适合商务会谈或者情侣约会。不过要赶上这张台子可不是那么简单的工程。餐厅的常客为了坐到这个位置，往往会提前预订。这一次也是如此。这张台早在两个星期之前就被电话预订了。

“我们 4 位。预计抵达时间为 13:40。”还有订座姓名和电话。这次订座表面上看起来和其他成百上千次订位并无差别，但其实是不一样的。

警察正是冲着这个地方而来，在得到了一个抽海洛因的墨西哥男孩的供词之后。接着经过若干其他拦截线索的证实，美国缉毒局警员接过了皮球，很有点大案的味道。

那天的 13:40，就在那间餐厅的那张桌子旁，有 4 位重量级股票经理相约午餐。不过，他们并非有股票要谈，也不是有金融债券要卖，他们感兴趣的是一种商品，唯一一种商品，唯一一种可以在极短的时间内生成较初期投资150—200倍利润，且无惧经济危机的商品。这种有能力令财富和死亡疯狂增加的唯一商品就是可卡因。

白石油、白雪、白粉、雪、雪花、白烟、白糖、星星灰、天使灰、猫尿、滚石、货、古柯、炸弹。其他名字还有：刨冰、自由垒、快乐客、白球、鱼鳞、雪片、C、大C、维C、奶片。这一90年代被认为属于精英阶层的毒品，如今由于光荣会和南美毒枭的运作，已经侵入所有的社区，无所谓高档还是平民，和大麻一样深受少年们的挚爱。

缉毒警察非常确定，那张桌子一定会有动静。他们为此偷偷安装了窃听器。那4个约见午餐的男人早就出现在美国缉毒局的名单上。一个是祖籍为卡拉布里亚的加拿大人，和光荣会走得很近；其他3个均为墨西哥人，是南美最有势力的危险暴力犯罪组织洛斯哲塔斯的代言人。不过，他们并不从属于这些犯罪组织。例如，那个卡拉布里亚裔加拿大人并不是真正的光荣会成员，没有经过入会仪式，只是充当雷吉纳黑帮家族的重要特使。他是个生意人，满世界跑生意，从卡拉布里亚到蒙特利尔、波哥大、马德里、纽约、墨尔本。其他 3 个也是类似的特使。他们 4 人很快就会出现，笑容可掬地享用大龙虾和鸡尾酒。

他们将可卡因从南美走私到欧洲不仅是怀疑，更是事实。他们深知要远离监狱，不能出任何差池，不能被铐上手铐。他们自然不会被过度自信冲昏头脑。只是这一次情况有所不同。

墨西哥男孩的证词十分清楚：这 4 个人会谈到数量可观的可卡因走私，从帮会实际操控的卡拉布里亚港口焦亚陶罗上岸。这批货很有可能经过非洲，或者走西班牙，但最终的卸货地点是焦亚陶罗。地中海运输的最大终点站，也是可卡因的港口。正是因为这片小小的土地，光荣会才能够超越黑手党和卡莫拉，爬上毒品交易的金字塔塔尖。

3 名墨西哥人会和那个卡拉布里亚人一起安排好一切：日期、时间、地点、货船、数量、应急方案。那顿午餐上应该会出现姓名、金额、产地、品质、掩护办法。警察将车停在餐厅外的第五大道上，一直会死死盯梢到装货那一天。他们会追到天涯海角，然后将罪犯绳之以法，当然也少不了聚光灯和报纸头条。这必须是上头条的新闻，必定引人入胜。如今要做的只是耐心等待，不能有任何闪失。而要做到，则需要警员集中精力，绷紧神经。他们任凭汗水肆掠，简直比淋一场暴雨还要厉害。

4 名股票交易员分秒不差，准时抵达餐厅。13 点 40 分，曼哈顿还处于倾盆大雨之中。藏匿于服务员之间的缉毒局警探通过无线电确认消息属实。没错，就是他们。信息监控大厅里的紧张气氛迅速攀升。每一种声响、每一个词语、每一点风吹草动都可能决定成败，需要头脑冷静和对细节的最大关注。毒品贩卖者都是极其狡猾的人物，甚至连自己的影子也信不过。他们说话斟字酌句，将语言简化到最精简的程度；他们是比喻和双关语的大师，很难听到他们直接谈论可卡因。他们会使用模糊的表达：商品、货物、产品。暗语是他们的最佳武器。因此，需要特别注意他们的对话内容。

美国缉毒局警探已经作足一切应对的准备。他们很清楚，戏剧性的转折往往就在拉家常当中。只是他们没有预料到的是，意外已经在他们开始聚餐的对话前出其不意地开始了。那是一个冰冷迅速、早有约定的动作。还没有入座的时候，4 个人就已经将最新款的黑莓手机放在了桌子上。

他们想用那些手机搞什么鬼？毒品走私犯碰头的时候通常会尽可能低调隐蔽，手机位列必须留在家中的物品清单上的第一条。为了避免被录音的风险，有些偏执的家伙甚至会把手机拆了，拔出电池和 sim 卡。而景观餐厅的这几个人居然行事迥异。“搞什么鬼……”一名警探皱着眉头嘀咕道。

与此同时，现场的窃听器开始传送餐桌上传来的任何声响。4 个人开始点单，全部是海鲜：大龙虾、虾仁色拉、海鲈鱼，法国白葡萄酒，最后还有柠檬雪酪，可以清除口气并有助于消化。他们用英文交流，这倒是大大便利了信息监控大厅的调查人员。卡拉布里亚裔加拿大人在诉苦，说他前一夜没睡好，还在倒时差，不过他很高兴来纽约，之前在意大利的米兰和帕维亚待了一周，热得要死，蚊虫成群。其他 3 个安静地听他说话，最多插几句俏皮话，或者在一些共同的话题上插上一两句。他们就这样聊了一个多小时，真的没有任何内容。他们的对话毫无逻辑联系，平淡无奇，根本不可能隐藏任何暗语信息。话题从天气炎热下雨，到足球、国家队、世界杯。那是 80 分钟毫无意义的对话，奸诈狡猾的毫无意义的对话。

美国缉毒局执行总部的警员早就神经紧张得快爆炸了。任务失败的幽灵开始在空气中躁动不安，随时准备化身为夏天摧毁山林的火灾。难道是线人犯了什么致命的错误吗？难道不是那 4 个人？他们为什么压根儿不提那批货？他们那毫无意义的对话到底是什么意思？

与此同时，在餐厅下面的第五大道上，倾盆大雨已经成为回忆。太阳回来了，猛烈地鞭打着曼哈顿，短短几分钟便晒干了沥青路面。布莱恩公园的草坪上还是有泥潭和水坑，不过它们很快就会被地面吸收，被炎热烤干。和每一个夏日阵雨过后一样，那是地狱，闷热得让人喘不过气来。

坐在顶楼餐厅的那 4 个人，继续在说些没用的废话：盐烤海鲈鱼味道不错，火候刚刚好，又很新鲜，虾仁也很嫩。其他人表示赞同。

“这味道连卡拉布里亚也做不出。”那个卡拉布里亚裔加拿大人咂着嘴点评。

对于信息监控大厅刚刚吃完速冻垃圾食品、喝着大瓶加冰可乐的警员而言，这话简直讽刺。不过大家还得坚持等待最重要的信息。

柠檬雪酪又让大家的嘴巴忙活起来。4个人用水晶香槟杯干杯，庆祝完美的午餐。他们高兴得就像老朋友聚会。只是大家仔细想想，真要是老朋友见面，总会有一些私密体己的话聊。然而，这里什么也没有，十分讽刺地一无所有。然后，突然之间，餐桌陷入沉寂，只有间或发出的笑声和感叹词，再也没有关于炎热和蚊子的评论。4名股票经理决定不再出声。窃听器只能拦截到一些背景里的声响：一个杯子被放到珍贵木材打造的餐桌上，一把叉子划过陶瓷盘子，瓶塞从酒瓶里拔出。说话的声音消失了，可人还在那里，就坐在面朝第五大道的那张餐桌旁。

他们在用黑莓手机展开真正的对话，更为重要的对话。他们有一批可卡因货要谈。通过黑莓公司（正式名称为 RIM，Research in Motion）的即时信息服务，谈话可以在寂静中进行。对话者只需互相发送信息即可，说不定还在彼此对视，想到缉毒警察无法拦截他们的对话而会心地笑着。4 个人就这样谈了近一个小时，一边喝东西一边传递信息，在这样绝对安全的环境下商定了犯罪活动的每一个微小细节。他们通过 PPT 技术（Push to Talk，即“一按即通”）互发信息。该服务非常安全，无法拦截。你写的内容只会和收件人分享，反之亦然。这个世界上至今还没有任何系统可以插手管这个。这是黑帮的绝佳机会，在过去的至少 10 年时间里，他们一直在不断地寻找可以便利他们走私生意的新科技。

黑莓的 PTT 技术，比如今更为风靡的应用软件 WhatsApp 还要早几年，为毒品走私犯的对话不受追踪作出了显著贡献。那顿午餐就是一个极具象征意义的案例。一边是光荣会，在大众想象中是头戴贝雷帽、手执锯猎枪的黑帮；另一方面是极为残暴血腥的洛斯哲塔斯，凶残暴虐的墨西哥黑帮。两个强大凶猛的犯罪组织在一间美国餐厅里头一回品尝了科技解放的可怕甜头。而这仅仅是一个开始。

曼哈顿的那顿午餐最后仅仅留下一系列疑问。他们相互间写了什么？有多少可卡因要从南美转移出去？目的地是哪里？为什么他们要在一间餐厅碰头，用智能手机传递信息，而非公开讨论？那天的问题无从找到答案。联邦警员无计可施，只得将那 4 名股票经理的名字从“阳光”行动的文档里删除。

由于美国缉毒局和雷焦·卡拉布里亚的反黑手党地方局之间的紧密合作，几个月后的 2008 年 9 月 17 日，警方缴获了 16 吨可卡因和 25 吨大麻。那是一次载入史册的行动。

然而，有关曼哈顿那顿午餐的信息无迹可寻。4个人继续大隐于市，像氪气一样隐形，像氪气一样无色无味。

第五章　娃娃团伙

杀人是一件严重的事情，因为你剥夺了他所拥有的一切，以及他所希望拥有的一切。

——威廉·芒尼（克林特·伊斯特伍德饰），《不可饶恕》

布鲁诺刚满 16 岁，已经开着车到处跑了。他住在米兰南郊的格拉托索利奥街区。每当夕阳西下，他就会握住父亲的大众高尔夫的方向盘，载着他的朋友们，飞也似的朝着市区挺进，在夜店一直疯到黎明。可卡因自然是必不可少的。而他也和那个酒吧招待齐柯一样，相信那是随时可以戒掉的东西。

布鲁诺和我一样，也经常在齐柯工作的酒吧用早餐。他在夜店玩到筋疲力尽，又把清晨的环城公路当作赛车场开过，在折腾了一整夜回家睡觉之前，去齐柯那里喝咖啡、吃面包已经成为他和他朋友的习惯。以他们的年纪，本该去学校上学。他们当中的确还有人留有学籍，只不过他们的小脑袋里打着其他的人生算盘，比如倒卖偷来的夹克。我也是因此才认识他的。齐柯跟我提到他的时候，仿佛在介绍一个百年难遇的经销商，而实际上他不过是想用一件比 2 元假钞还假的蒙卡罗夹克衫忽悠我。

我第一次在酒吧遇到布鲁诺的时候，他下巴有淤青，手上有抓痕。这可不是一个认真靠谱的销售员应有的得体形象。他倒是穿得不差：身穿一线品牌的防水风衣和牛仔裤，脚踏一双鳄鱼皮鞋。这身行头和他实际的形象几乎完全不符。

他嘴里嘀嘀咕咕地走进酒吧。他朝我微微示意后，随即转身对齐柯说："我们撞大运啦！屎一样的南美人。"他的话让我立刻联想到 AC 米兰对阵某个阿根廷或巴西球队的足球比赛。然而，我错了。布鲁诺指的是和一个拉丁帮会的肉搏。很明显，他们打赢了拉丁帮，尽管他自己的状况也好不到哪里去。定睛一看，他不仅下巴又青又肿，而且右腿也被打得不轻，走路一瘸一拐，相当费劲。齐柯和他的对话刚好满足了我的好奇心。

“不过你也被他们打残了，太帅了！”他对布鲁诺说。

“哪有，不过被挠了几下，一点皮外伤，没什么。这点伤和他们挨揍的节奏相比，实在是不值一提，嘿嘿！”

“那你的腿是怎么回事？”齐柯不依不饶。

“他们放了条比特犬过来，没种的基佬。这条牛仔裤算是毁了……”

我看着他，既是凑热闹，也是觉得有趣。关于米兰帮派之间的打斗，我只在报纸上看过，或是听其他人有一搭没一搭地讲过。然而，布鲁诺是一个真实的存在，是帮会的一员，尽管他才 16 岁，一脸稚气未脱的样子。

“所以呢？你那个想买夹克的朋友是谁？快说，我正缺钱花呢！”

齐柯扬了扬眉头，示意是我。布鲁诺转身看着我，努力想表现出一副拽拽的样子，但实际效果只是让自己显得滑稽可笑。

我轻轻说了声“你好”，或者类似什么话，我已经不记得了。他又转身对齐柯说：“酷！你告诉过他我卖的是什么货品吗？”

当天晚上，我到格拉托索利奥街区找他，约好在一个大楼前的停车场见面。那栋楼让我想起克罗托内的方多耶稣街区，就是卢齐亚诺被人揍脸的地方。布鲁诺和其他 3 个少年一起，脚放在长凳上，屁股坐在椅背上。我瞅着他们，被他们的着装风格吓了一跳。他们个个一身名牌，虽然搭配得很糟糕，粗鄙没型，一副暴发户的样子。他们穿的鞋，同龄人根本不可能买得起，还有在市中心大品牌商店买的外套和起码 300 欧元一条的牛仔裤。很明显，如若他们穿上一件带帽子的卫衣，戴上一顶棒球帽，会让人看起来更加舒服得体。

不过，穿大牌是某些犯罪帮派不成文的教条，即便对于那些年纪轻轻的小混混也是一样。这在一方面可以展示他们唾手可得的财富，体现他们受帮会保护的社会地位；另一方面，穿得好一点，在一座拥挤的大都市里就不会那么显眼。不显眼是偷钱抢包的必要条件。你在公车上，将坐在旁边的老人家洗劫一空，然后在下一站下车，混迹于人群中。试想一下，假如你穿着博柏利的风衣，还有谁会来怀疑你，检查你？

布鲁诺和他的弟兄们坐在长凳上打发着时间，在那些楼宇之间日复一日过着一成不变的生活，对人生早已失去了幻想。他们其中一个在听着音乐，耳机正对着他的大脑扫射着德国钢琴家保罗·卡尔克布雷纳的曲子。他根本不看我。而其他几个沉迷在智能手机上，极有可能没有注意到我的存在。他们的手指在触摸屏上快速机械地滑动，访问着脸书和WhatsApp。他们正在抽哈希什，这一点可以从空气中弥漫的刺激气味判断出来。他们挨个儿轮流抽哈希什的样子，像极了我老家那里的人。

“抽两口，然后递给下一个人。”我老家那边的人这样说。狠狠抽两口，然后将哈希什递给右手边的人。转圈必须严格按照逆时针方向。这是一种幸运仪式，以此对抗巡警的到来。他们不停地抽，直到一整根抽完。最后一个人有责任“杀死它”，把烟熄灭，在脚底踩碎，不留任何痕迹。那天晚上，格拉托索利奥的少年也是这么抽的。

布鲁诺正在全神贯注地玩 iPad 上的汽车游戏。不过，他一看见我，立刻关上 iPad，那架势仿佛在说：“生意就是生意，含糊不得。”

我对他们卖的夹克并没有兴趣。蒙卡罗夹克衫不过是个借口，好让我有机会直接接触街头的少年犯罪团伙。那次会面让我近距离观察到一个娃娃帮派的行为举止，看到他们是如何在16岁的年纪做到心狠手辣，不留情面的。

第一次和他们正面打交道并不那么轻松。我走到长凳前，布鲁诺的弟兄们从手机上抬起头，目光显得很不友善。他们觉得我来者不善，但也有可能是他们自我防卫的一种方式。

“我操，布鲁诺，这家伙看起来像个条子！”其中一个干瘦的少年嚷道。他穿着特大号的网球鞋，蓝色牛仔裤的裤裆一直掉到膝盖的位置。

其他人好像也认同他的话。一个家伙站起身，死死瞪着我，一副要和我肉搏的架势，不过布鲁诺的权威制止了他们的多疑。

“放心，弟兄们。这人很安全，锤子的朋友。”

直到那一刻，我才知道齐柯在这伙人中的诨名是锤子。我甚至浮想联翩，想象着这个名字的来由。在我老家，绰号是相当神圣的，背后总有些惊天动地的轶事或了不得的关联。比方说，我小时候一直光顾的那家游戏厅老板被人称作龙哥，因为他的动作姿势很像李小龙；另一个常常光顾游戏厅的家伙被人取了个绰号，叫做大蛋糕，因为他曾经抢劫过一台装满圣诞大蛋糕的货车，并在随后的几个月之内一直非法兜售抢来的大蛋糕。

齐柯的绰号是"锤子"，难道是因为他干瘦的长脸很像一把锤子，还是有其他什么不为人知的原因呢？

"跟我来，给你看看你要的货。单单这两天，我已经卖出二三十件了。这种品质，其他地方可不容易找到哟。我卖的东西可不是但丁路上的塞内加尔人手里的货色能够相提并论的！"

布鲁诺让我觉得十分可笑，因为他在演绎着一个根本不属于他的角色。脸上的青春痘出卖了他全力以赴表现出的狠角儿形象。

正当他在一个黑色的大塑料袋里翻找夹克衫的时

候，他的几个弟兄聊起了其他话题。他们在聊脸书。我听到一些没有任何信息量的话，例如：

“那个婊子取消我好友了。”

“嘿，你看到萨拉又单身了吗？”

“弟兄们，马泰奥的妹妹出落得越来越水灵了……”

不过后来，我终于听到了一些有趣的内容。

“弟兄们，好事儿上门了！阿历克斯刚给我发WhatsApp，问我能不能送10欧的草到弗兰克的酒吧。我这就过去了，我们回头见。”

布鲁诺的一个弟兄起身离开了。他得赶去卖大麻。不过是台手机之间交换了若干个位元，10欧元的大麻就卖了出去。不过最让我吃惊的是他们无所顾忌地对话方式。那名少年并没有避讳我，我很纳闷，真的很想问他：“抱歉，我不是长得像条子吗？”

总之，那件蒙卡罗惨不忍睹。我觉得跟但丁路上的塞内加尔人所卖的货色根本就是一模一样。那大概是在全世界最糟糕的裁缝店里做的，说不定出自什么时薪 1 欧元的童工手里。布鲁诺想让我相信衣服是原单，低于 100 欧免谈，因为有一堆人排着队要付这个价格呢。可是他根本说服不了我。他的一个弟兄对我很不屑，对布鲁诺说："告诉锤子，说他交了些傻逼朋友。"他的话引来一阵哄笑。

我离开了，朝着停车的方向走去。我不经意地瞥见一间位于底楼的公寓。透过敞开的窗户，我看到一个 60 来岁的老人正坐在宜家买来的单人沙发上，一手握着啤酒，一手点着烟。那瓶啤酒也许是那晚的第 n 瓶了，也许他自己已经记不清喝了多少；那根烟不断地燃烧着，浓烟飘过吊灯，昏黄了灯光，侵蚀着天花板。电视里放着克林特·伊斯特伍德的老电影《不可饶恕》，可是坐在沙发上的老人好像对电影没什么兴趣。他一边抽烟，一边咳嗽，然后继续抽，继续咳。他的全部世界就是那个房间、那台电视；以及他的 MS 牌香烟和已然喝光的啤酒。其他事情，他都漠不关心。

在他的公寓外面，布鲁诺和他的弟兄们还在玩强盗游戏。他们被一个洪水猛兽般的残酷世界淹没，在郊区过活显然比在莫斯科瓦地铁站附近的时髦街道之间更为艰难。鸣着警笛的警车呼啸而过。我回头朝长凳处望了一眼，那里早已人影全无。

娃娃团伙呈现年轻化的趋势。像布鲁诺那样的小团伙单单在米兰就有几十个，更不要说整个意大利了。他们玩世不恭，但野心十足，和那些成年犯罪团伙不同的是其对于网络的绝对依赖。他们是有**网瘾**的。

这些小混混和同龄人没什么不同，从早到晚地对着电脑，整日粘着 PlayStation。他们捧着智能手机玩到深夜，躺在被窝里还会被莫名电话叫醒。就算做“正经事”，也离不开网络。

WhatsApp 和脸书是所有生意开始的地方。那些后来发生在路上的事情只不过是通过智能手机或笔记本电脑交换信息后达成的行动。帮派之间的打斗也并非像多年前在某个娱乐场所那样随机发生。如今的纷争常常从网络开始，也总是在网络上部署规划。塞斯托圣乔瓦尼市的拉丁国王帮和格拉托索利奥街区的意大利小混混严阵以待地套上指虎，拿起马刀械斗，绝非什么偶然事件。两方帮派成员早就打了好几天口水战了，全部严格地在网络上实现，通过发帖、发照片和视频攻击首先展开虚拟战争。一个帮派的实力以脸书上收集的“赞”来衡量。帮会成员的个人主页有如地狱，成为战争第一线。就算是实打实的械斗结束之后，战争还会继续在互联网上延伸，通过在 YouTube 上发布打斗视频实现。

总之，互联网既是起点，也是终点，是一切开始和结束的地方，其间有真实的生活、街道、打斗和抢劫。

在格拉托索利奥千篇一律的住宅楼之间，游走着一个极端暴力的娃娃团伙。50 来名 13 岁至 16 岁之间的少年将附近街区纳入自己的地盘。他们宣扬托托·里纳[①]和萨瓦托雷·洛皮可罗[②]的神话，在脸书上大肆吹嘘他们的作为。每当他们绑架或殴打了某个同龄人时，他们就会在社交网站的“墙”上公开他们的事迹：“今天 XXX 被我们打残了！”“我们才是老大！”“我们毁灭了一切！”有时候他们也会写一些挑衅执法部队的狠话：“该死的条子，要是你们落在我手里，我一定亲手毁了你们。”他们的网页上铺天盖地地发布着追捧托托·里纳的照片和金句，以及有关尊敬、忠诚和权力的宣言。暴力的萌芽首先在社交网络的公告栏或私人聊天室里孕育，然后在公园、人行道、百货商店的停车场上猛烈地

① Salvatore “Toto” Riina（1930— ），原西西里黑手党头目，是暗杀意大利法官法尔科内和博尔塞利诺的幕后主谋，于 1993 年被捕入狱。
② Salvatore Lo Piccolo（1942— ），原西西里黑手党头目，于 2007 年被捕入狱。

绽放。

要抑制他们的残暴行为，不得不依靠手铐。15岁和16岁的两名少年被送进了监狱，其余15人获得保释。全部是意大利少年，全部来自再正常不过的家庭。

一名被他们打成重伤的同龄人将他们送到了法律面前。令人唏嘘的是，这名13岁的受害者正是通过脸书成功追查到袭击者的信息——一名自称“恶魔”的少年。侦查由此展开。

调查结果展示了一幅令人不安的图景。那50来名残暴冷血的少年当中甚至还有5个女孩，她们的目标往往锁定其他的同龄女孩。不过，“恶魔”才是真正的娃娃头儿。他的残暴无人能及。有一天，他不过为了抢一个iPod，就用戴着指虎的手狠狠揍了一名无辜少年，将对方的眼眶周围打成骨折。那情景犹如最为暴力的电影场景。受害者被送往医院，眼睛上绑了35天绷带。“恶魔”在脸书上发布的信息证实了他的所作所为：“他居然胆敢反击，所以我把他打进了医院！”这一做法显然获得了团伙成员的认同。

在米兰市郊的另一个复杂街区巴焦，一个由20来名少年组成的娃娃团伙恐吓当地居民长达数月，其暴力级别足以让人吓得手抖。2013年10月1日，罗兰泰乔警署在公共调查法官安娜玛丽亚·菲奥里洛的协助下展开调查，将数起事件展示在公众面前，并逮捕了4名未成年人。巴焦街区的少年模仿电影《发条橙》里的风格行事。这种暴力的种族主义之殇诞生于脸书，再于城市的街道和广场具体化为行动。这一现象着实令人沮丧。

2013年5月31日晚上，福柴阿玛特路附近也有类似的事件发生。娃娃团伙冲击一群喜欢音乐的北非少年。后者被吓得惊惶而逃，幸好后来躲进了一间药店，一直等到一台警车经过才避免了更糟糕的悲剧发生。不过，就在几日后，其中一名遇袭少年的脸书主页上出现了这样一条留言："瞧瞧你个龟孙子突尼斯人逃跑的样子！你完蛋了！要是再被我撞上，我一定会揍得你满地找牙。你个婊子养的，躲进药店，算你有种。以后记得别出门！"这条留言来自揍他的那伙人的成员之一。几分钟后，他又收到另一条留言："臭不要脸的，多谢你让我进了局子。我3天前就出来了，你小子就放心大胆地到处转悠吧！早晚有一天，我会让你加倍奉还。你给我记住了！"而这条留言来自一名之前因贩毒被捕的少年，他认为被捕一事要归罪到这名厄立特里亚少年的头上。为了增加恐吓效果，他还发布了一张枪击图片，并配上类似"血债血偿"、"我早晚会剁了你个狗杂种"之类的威胁语。

当初审法官分析了巴焦街区的娃娃团伙的卷宗后，他只能决定将帮派成员送进监狱。法官的判词非常严厉："完全无视国法。"巴焦少年在街头暴力滋事，但有着清晰的“2.0 意识”。这一点可以从他们在脸书上发布的威胁言论和在 YouTube 上发布的视频中一览无余。两名帮派成员就曾对着卧室的电脑录制并上传展示指虎的视频。

他们的受害人包括一名在短短几个星期内受到两次袭击的同性恋者。他们把他揍得鼻青脸肿。警察笔录上记载：其中一名袭击者相当凶残歹毒。他一边殴打受害人，一边声嘶力竭地吼叫：“见到你我浑身不痛快，我非得把你揍死不可。我真是受不了你，你这个狗娘养的，臭不要脸，贱货杂种，你活该挨揍。”

另一个晚上，米兰市中心的和平门附近发生暴力事件。几个小混混推搡一名流浪汉，而一名少年和朋友一起，想上前阻止。小混混们随即冲上去把少年的脸打歪了。当少年被打倒在地时，有人喊道：“你们告诉夸托奥加罗的人，巴焦的地盘一直延伸到和平门了。”巴焦的人抢占了地盘，作为对手的夸托奥加罗帮会，哪怕远在西北郊区，也理应知道这件事。大城市的地盘之争向来如此。不过多时，同样的消息已经在脸书上流转。虚拟战斗没有中场休息，从来不会停歇。针对叛徒和对手的挑衅恒久不息。这是一场心理战，发生于街头的真正暴力冲突之前，那时候 T 恤还没有浸满血渍，颊骨还没有被打断，腹部还没有遭刀砍。

总之，对于少年犯罪团伙而言，互联网是首要阵地。那里不仅是买卖各种迷幻药的生意场，也是内外沟通的地方。有了互联网，娃娃团伙的成员可以随时保持联络；有了互联网，他们可以随时向外界传达信息：宣告某次械斗的胜利，向敌人发出挑衅或威胁。前面提到的拉丁国王，是米兰城内最有势力的少年团伙之一。他们利用 YouTube 宣传他们的理想，他们的传统，以及他们的入会仪式。

LATIN KINGS ITALIA

除此之外，互联网还有另一个令人担忧且不容小觑的负面影响。在作为娃娃团伙的工具之前，互联网拥有其深层次的社会作用，极大促进了某些社会现象的扩散。传统黑帮，包括光荣会、黑手党和卡莫拉，都在社交网络上得到了令人瞠目结舌的高度认同。这种认同常常表现在理念和行为的分享。

在脸书和在线论坛出现之前，要想找到和自己兴趣相投的人只能凭借运气，例如足球。在我老家，尤文图斯、国际米兰或者 AC 米兰的球迷当然可以在所住街区或学校轻松找到几十个志同道合的伙伴，大家一起为胜利欢呼雀跃，为失利垂头丧气；可如果你是都灵、桑普多利亚或者像我一样是佛罗伦萨的球迷的话，你就不得不忍受足球的孤独。你只有凭借自己对球队的真爱，才不会委曲求全地迎合其他球迷。互联网打破了这一惯例。有了在线论坛以及如今的脸书之后，乌迪内斯的球迷哪怕远在卡塔尼亚，也可以和他人分享激情。反之亦然。这是一次虚拟世界的革命，对于足球如此，对于其他一切也是如此，对于黑帮亦是如此。

在互联网上，对于黑帮的认同好比病毒一样可以迅速扩散。一段纪念艾尔·卡彭[①]或托托·里纳的乏善可陈的内容可能会获得两极反应。一个团伙首领的话既可以成为反黑手党论坛唾弃和抨击的对象，也可以成为崇拜黑帮老大神话的年轻人争相分享的格言。

---

① Al Capone（1899—1947），美国芝加哥黑帮的首领，其父母原籍意大利那不勒斯。

金句“上帝宽恕你，但帮派不会”，出自据罗马马里安纳黑帮故事改编而成的意大利著名电视剧《犯罪小说》，在脸书上获得了超高人气，甚至出现了不少以此命名的脸书群组。类似的金句对于那些犯罪少年而言，简直就是一种日常咒语。

基耶蒂市的18岁少年埃德加·F就是一个典型的例子。时常和帮会弟兄一起袭击他人的他终于在2013年6月18日被捕。调查人员粗略浏览了他的脸书主页，发现主页签名正是这一句“上帝宽恕你，但帮派不会”。初审法官玛利亚·米凯拉·迪菲内认为这句话“展示了这名少年无力控制自己的反社会冲动”。一句起源于电视连续剧的台词穿越社交网络，最终在现实世界中得到应用。这是一个快速、瞬时且残酷的过程。

那些经典黑手党题材的电影再加工也开启了危险的螺旋。有时候，电影会神话黑帮老大，突出他们的领袖气质和能力，结果往往具有破坏性。包括《万王之王》

和刚才提到的《犯罪小说》在内的不少电视剧都在观众当中激发起一种亲近罪犯而疏离警察的奇怪情感。我还没有遇到任何一个人在看了马里安纳黑帮的电视剧情后，会喜欢夏洛亚警长，他们几乎都会崇拜黑帮成员黎巴嫩佬、冷血佬和绅士。

所有这些，正如我之前所说，在互联网上被诠释成一种对黑帮团伙无穷无尽的集体赞颂，其中有人能够在现实和虚幻之间找到正确的平衡，不会越过数码世界的虚无来消遣，也有成千上万的青少年无所顾忌地将脸书上的遐想转化为实际行动，将位元转化为汗水、躯体和鲜血。

例如，维博瓦伦蒂亚市的11名少年实现了各种类型的犯罪：盗窃、贩毒、非法持有枪支。他们在每次实施犯罪行动或殴打他人之前，都会看一集《犯罪日记》，因为他们觉得自己就像剧中的角色并刻意模仿。他们当中有冷血佬、有公牛、有娃娃团伙的老大，也就是黎巴嫩佬。他们的脸书主页贴满了关于马里安纳黑帮的金句和剧照。他们在街头过着冷血残暴的虚拟生活，直到2012年6月26日被宪兵逮捕，才开始了监狱的真实生活。

社交网络上对于黑帮的理想化是一个不可遏制的现象。托托·里纳的脸书主页（介绍他而非他本人的主页）大约有22000名支持者，也就是说有22000个人在黑手党的绝对领袖的主页上点了“赞”，而此人是谋杀乔瓦尼·法尔科内和保罗·博尔塞利诺的主谋。同样，脸书上介绍西西里黑手党的主页获得了33000个“赞”。

有成千上万个主页和群组在歌颂黑帮的故事、行动和理念。这些群组有时会因大量的举报而遭到屏蔽，但是他们很快就会换个名字重新浮出水面。对于脸书和推特这两个全世界受众最广的社交网络而言，这根本就是不可控的。

例如，有关卡拉布里亚光荣会的公众主页至少有几十个，又有谁知道到底是谁在什么地方管理该页面呢。“卡拉布里亚黑社会”毫无疑问是其中最为火爆的公众主页之一。该主页以阿尔·帕西诺在电影《疤面煞星》里的剧照作为头像。封面签名乏善可陈，但并不影响其效果：“请点击‘赞’，加入黑社会大家庭……”该主页共收集了 2415 个“赞”。

“卡拉布里亚黑社会”的主页让我联想到旧时的海报，那种会出现在电影、妓院和酒鬼窝点的粗糙招贴。如今这张海报上写着清晰可见的标语：加入黑社会大家庭，请从这里进来。如果在我们生活的城市里有这样一个地方，又有什么样的人才会进去？然而，脸书推倒了所有壁垒。普通用户会加入这些群组，并留下自己的名字和照片，之后还会分享上面的内容。“卡拉布里亚黑社会”上的金句就是这样获得巨大反响的。他们会谈论背叛，对于我老家的罪犯而言那是个非常严肃的话题。在卡拉布里亚，背叛是一个人所能犯下的最严重的罪行。叛徒的名声一旦形成，将成为你永久的标签，你将不再有机会被社会接纳。在卡拉布里亚，背叛坏过欺诈，坏过女人通奸。这一话题在脸书上显得尤为突出。一句“当面直说不应被视为背叛”就被分享了上千次。

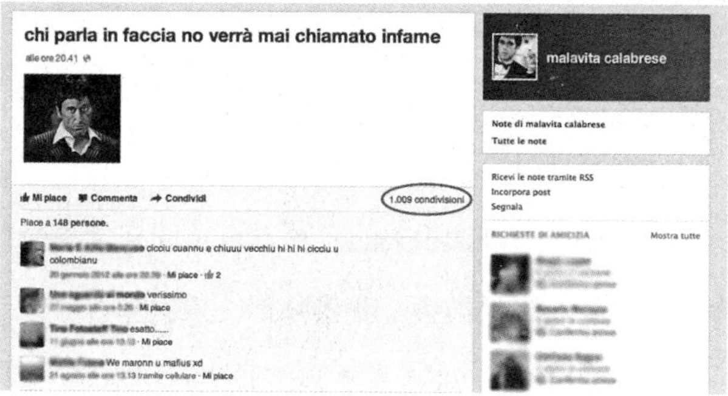

社交网络上最著名的黑帮老大无疑是托托·里纳。以他的名字命名的主页，不管在脸书还是推特上都有好几百个。需要特别注意的是，黑手党老大化身的背后隐藏的常常是不满 18 岁的少年。

一天，我试着联系其中一个，想看看黑帮老大的虚拟神话最终延伸到哪里，又从哪里转接到现实世界的真实暴力。我将我的意图告诉一名少年，并说服他创建了一个有名有姓有照片的冷血黑帮老大的主页。此人是多起野蛮谋杀和残忍杀戮的罪魁祸首，是意大利历史的永久污点。

为了和那些假托托·里纳取得联系，我新建了一个脸书账号，设计了一个信息完全不真实的假主页，不仅名字是假的，照片也是在谷歌上随便找的。然后，我给几十个与“万王之王”相关的主页发送了同样一条消息：“你好，托托，你很厉害。我崇拜你。黑手党万岁！”

那是一个星期六的凌晨 2 点。我记得很清楚，因为第二天早上我要去漫画店取几本过期的《茱莉亚》[①]，而我只有在星期六才会去漫画店。

中午用餐之前，我连上脸书，发现收件箱里有3条留言，全部是回复我凌晨的消息的。我的诱饵起了作用，有鱼儿上钩了。然而，只有一条留言给我留下继续新对话的微弱可能，另外两条则直接画上了句点。

“谢谢。再见。”

“我操那帮狗屎条子！”

假托托·里纳显然更会“社交”，他的回答显得更有礼貌。他表示自己被我的赞誉以及某种莫名的东西打动：“我很欣慰，还有人记得我。我们是最厉害的，我们的组织需要联盟和尊重。”

我们继续聊了数日。他给我传来很多我从未见过的荒谬言论。一天，他建议我执行入会仪式，并附上一张被焚烧的圣像的照片：“重复这句话，发誓你对组织的

① Julia，意大利系列侦探漫画，主角是一名叫做茱莉亚的女犯罪学家。

爱恒久不变："如若我违背誓言，请将我的躯体如此圣像般焚烧。"

我假装宣誓，继续和他玩这个游戏。我们在网上持续联络了两三个星期，但我无从得知对方的真实身份。他不想透露自己的真实姓名，但坦白了年龄和梦想：我18岁，想加入黑手党，因为"如果你不是黑手党成员，你还能在特拉帕尼[①]有什么作为？"

随后几日，我又陆续收到几条其他人的留言，于是我决定关闭假主页，并向脸书网管举报了若干与犯罪组织及其头面人物相关的个人主页。举报内容不妥的页面是抑制这一现象的唯一武器。我心头抑制不住的无名怒火驱使我不断地进行举报。

安德烈·罗西是邮政警署分部的警长。他也看到过若干与犯罪组织及黑帮首领相关的脸书页面，其中一个

① Trapani，意大利西西里岛城市，黑手党的活跃地带。

甚至还上了报纸，因为该页面由卡莫拉团伙成员直接管理。在被脸书封号之前，该主页叫做“那不勒斯黑社会”，共收集了 62000 个“赞”。这一消息被多家报纸转载，意大利这才第一次发现了脸书和黑帮的关联。

安德烈·罗西谈到这一现象，说：“卡莫拉学会了使用脸书和社交网络传送加密信息；粉丝众多的脸书主页是伪装自己的最佳系统。”他随后拉响警报：“可惜这并非个例。此类群组的创建者依赖于反作用影响。大约有一半联系人都是持反对态度，谴责主页创建者的道德准则，但是这样的议论正中创建者下怀。也有一些好事者不怀好意，甚至不可避免地存在一些别有用心者。”

邮政警署分部的警长引用若干大数据来宣告这一现象的严峻形势：“在过去一年内，我们已经收到大约两万封举报信和 1500 次报案。当出现类似令人瞩目的大案时，寥寥数日甚至会收到两三百封举报信。而我们的任务就是仔细甄别真伪。”

举报信不仅在“那不勒斯黑社会”一案中发挥了关键作用，也将另外一个引起争论的页面托出水面。一个托托·里纳的主页（显然不是他本人的）上出现了一些骇人的留言，比如用户托尼诺·A的这一条：

> 你好，托托大叔，我十分仰慕你。你知道吗，你改变了很多事情，是为数不多值得人们尊敬的人之一。我觉得，他们应该立刻放你出来，因为明天我也可以站出来，说我想做警方的线人，拿上他们给的奖金，崩死几个我在电视上听到或看到的浑蛋。托托大叔，那些家伙只是行尸走肉，因为他们没有尊严，不会像爱自己一样爱家人。托托大叔，你得让大家见识见识你的厉害，越过条子，让大家听到你的声音。向托托大叔致意！

人们争相举报这一主页，该消息被多家咨询网站转载。马克·扎克伯格设在伦敦的脸书欧洲总部倒是给出了迅速回复，如果考虑到社交网络以往漫长的禁号流程的话。不到两天，该主页就被封号且永久禁用了。这是虚拟世界的小小胜利。然而，这一胜利不过持续了刷新一个页面所需的短暂时间。

令人沮丧的是，哪怕是互联网所能覆盖的地球上的任何角落，谁都可以在几分钟之内创建一个全新页面，设定全新的个人信息，并和刚刚那个被关的页面拥有完全相同的特征。

我把这一事件讲给马蒂亚听，问他邮政警察能做些什么。无数少年在这样一个广泛传播的社交网络上虚度光阴。我们到底有没有办法抑制类似现象的发生？

头一回，他没有给我任何答案。他只是耸了耸肩，做出一个苦笑的表情，仿佛在说：这就是网络，一个美好的事物。

第六章　黑帮 VoIP

恶人才会被永远记住。恶人永垂不朽。

——迈克·泰森

屋里的黑暗将我震慑，浓密严实的黑暗，就好像那个地方即便在阳光下也应该是隐形的。它好像在否定自己的存在，否定自己和世界其他地方的关联。马蒂亚打开苹果手机上的手电筒，强烈的光线对眼睛是一种暴力。我不断地揉眼睛，可眼睛闭上时还是能看到强烈的反光。因黑暗而放大的瞳孔面对突如其来的强光，需要几分钟来适应，抑制强光产生的效果。

我们从一个很窄很窄的小门进去，再穿过一道稍微大些的门。从外面看去，那只是一个废弃的农舍，不到 2 米高，有着红色的砖墙和两扇紧闭的窗户。谁知道那是建于什么年代又为何而建的水泥立方体。也许只是一个失误的建筑，一个小小的马厩，或者一个摆放农具的库房。

农舍周围，蔓草丛生，有一条泥土小径通往一个废弃的工地，再往前走，就是一个巴洛克式的教堂。稀疏的刺槐枝叶将那个地方和居民区隔开。那是想躲避众人调侃目光的情侣约会的理想场所，也是九十年代喜欢在户外注射海洛因的瘾君子逍遥的好地方。而那个混凝土立方体好像生来就应该是那个样子。一个立方体，仅此而已。

农舍里的空气并不流通，浓密的酸味滞留在空气中，让人无法呼吸。我很想咳嗽，吐出恶心的浓痰，或者呕吐，好清理清理肠胃，不过最后我决定尽量屏住气息，像一个需要盘算着氧气罐里还剩下多少氧气的潜水员一样小心呼吸。酸味是汽车电池留下的。农舍里至少有几十节落满灰尘的废弃电池。马蒂亚移动着手电筒，我看见两捆散乱在旧鞋盒里的铜线，一捆黑色，一捆红色。黑色的绝缘带散得七零八落。一个功力很大的华硕路由器残骸被一根钉子固定在墙上。路由器只剩下塑料外壳，里面的线路早就被人拆走了。“他们用那个来加强接收信号，以便连入互联网。哇靠，在这个破洞里，连入互联网可没那么容易！”马蒂亚向我解释。

汽车电池提供电能，而其他的则是无线装置的部件，用来窃取不远处教堂大厅的网络连接。里面有3把椅子，椅面和靠背是木头的，腿是铁的，就好像学校的那种坐椅；还有一张桌子，可能也是从学校搬来的，因为那桌子其实是个讲台，右边已经被强酸腐蚀。

我们在里面待了很长时间，衣服上沾满了灰尘和难闻的气味。马蒂亚回到车里，不停地表示后悔带我去那个地方：“要是我回家的时候身上还有这种气味，我老婆会杀了我。”他和同事收到线报后，已经检查了数十次那一类农舍，希望能找到什么蛛丝马迹来立案调查。

而每次他回家的时候，衣服上都是那股味道。

有很长一段时间，有人在那个破地方盗用互联网无线连接。考虑到周遭恶劣的环境，基本上可以断定那个人从事的一定是某种非法的勾当。然而，他没有留下任何可以追查的蛛丝马迹。现场没有任何设备可能存储任何信息，只有耗尽的电池和铜线，就连路由器都被拆走了。

马蒂亚提出一种可能性，但是他明白那只是一个大胆的假设："也许他们在拍色情电影，然后通过什么渠道现场直播。不过我怀疑现场的电池供电量不足以再支持灯光、摄像机和其他设备。我更倾向于认为有人利用这个地方进行简单而重要的 Skype 联络。也许是某个光荣会成员，谁知道呢……"

在全世界最为广泛使用的 2.0 版工具中，Skype 应该可以算是犯罪组织最爱不释手的珍宝之一。由微软开发的 VoIP（Voice over IP，即网际协议通话技术）呼叫服务无需使用电话双绞线或者 GSM 数据，而直接在互联网数据之间穿行，因此具备各种必要的不可渗透的特性。

Skype 已经扮演了而且在继续扮演着逃犯和帮派组织之间的黏合剂。有许多重要决策在 Skype 上制定，涉及毒品走私、谋杀和洗钱活动。

有一句话注定会留在警方大事记上，因为它完美诠释了 VoIP 服务（Skype 和其他类似服务）如何变成了黑帮生活的一部分。这句话于 2008 年 12 月被米兰的财政警察截获。一个臭名远扬的可卡因毒贩和一个卡莫拉成员通电话，挂电话前，毒贩说："至于那 2 公斤货，我们回头在 Skype 上聊。"

"在 Skype 上聊，因为 VoIP 通话很难被拦截。通话者的声音被转化成数字数据包，经过加密处理，再发射到网上，最后在另一台对接电脑上变回声音。据未经确认的消息，由于该系统极高的安全性能，此类软件甚至用于军事用途。

在 Skype 上你是隐形的。你的声音变成一组位元，在互联网上穿行，没有任何打印输出设备可以干涉你。在 Skype 上，你就是氮气，就和那 4 名在曼哈顿的景观餐厅享用上等海鲜午餐的毒贩完全一样。

意大利反黑手党调查局（DIA）已经意识到黑帮在享用该科技的特权，但是对该软件进行监控并非易事。Skype 是因互联网而生的软件服务，一定程度上挑战了传统固定电话的通讯逻辑。如果有一天，人们发现 Skype 可以被拦截，使用该软件的用户会迅速减少，甚至极有可能在短短数周内崩塌。隐私保护是每一个网络产品获得成功的基石。违背这一原则，就意味着葬送这一软件。于是，当巴勒莫市的法官怀疑两名黑手党小喽啰利用 Skype 来经营肮脏生意的时候，微软很显然不会向法官提供援助。还是环境监听相对容易些。这是执法部队一贯的做法：在现场的麦克风、耳机，或其他什么地方安装窃听器。

Skype 曾经一度表达了与执法部队合作的意愿。面对全球警察机构向科技巨人比尔·盖茨持续施加的压力，微软仿佛已经准备好跨出合作的第一步。然而，这一想法很快夭折。数百万用户提出强烈抗议，表示一旦失去强大的隐私保护，他们就会抛弃该软件。2013 年 1 月 24 日，一封写给 Skype 的公开信在短短几小时内传遍了整个互联网。该信明确要求微软证实其软件对用户通讯的切实保护：

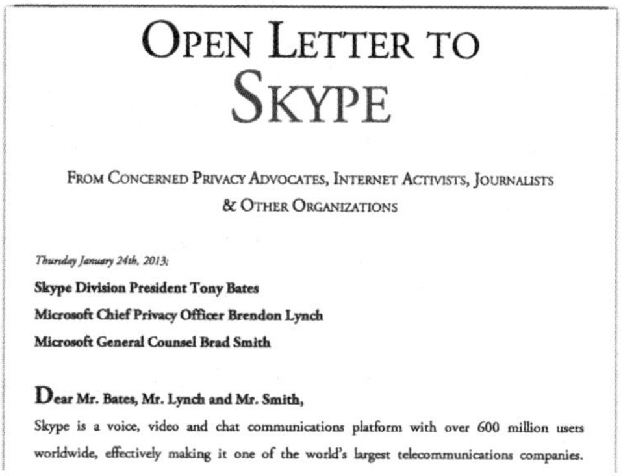

OPEN LETTER TO SKYPE

FROM CONCERNED PRIVACY ADVOCATES, INTERNET ACTIVISTS, JOURNALISTS & OTHER ORGANIZATIONS

Thursday January 24th, 2013;

Skype Division President Tony Bates

Microsoft Chief Privacy Officer Brendon Lynch

Microsoft General Counsel Brad Smith

Dear Mr. Bates, Mr. Lynch and Mr. Smith,

Skype is a voice, video and chat communications platform with over 600 million users worldwide, effectively making it one of the world's largest telecommunications companies.

这封由数十个组织或协会（包括电子前哨基金会、开放媒体、Telecomix、数字权利基金会）签署的公开信很明显带有最后通牒的语气。信中要求微软发布透明度报告并定期更新："Skype 的用户包括威权政体国家的异见者、需要与独家信源联络的记者，以及有工作或家庭等私密问题商谈的人。他们使用 Skype 交换敏感或私密的信息，正是看中该软件的加密模式。微软公司对 Skype 通讯的实际机密度模棱两可的声明与用户给予的信任度相冲突，如今甚至出现了向政府和其他机构提供有关 VoIP 软件用户的通讯数据的可能性。"

签署该公开信的个人和机构的目的自然不是维护犯罪组织，而是保护全世界 6 亿用户的隐私，而黑帮只不过是寄生于这一情况并谋取私利。数十份调查报告证明了这一点。

例如，2011 年 7 月 15 日，巴勒莫的反黑手党地方局通过"马其顿"行动，曝光了黑帮老大朱塞佩·法索内逃亡马赛期间的援助网。地方法官发现法索内正是通过 Skype，从法国遥控管理其非法生意。

另一个黑帮头目朱塞佩·特罗佩亚在米兰的家中禁足期间，也是通过 Skype 向卡拉布里亚的手下传达指令。故事情节仍然是高利贷勒索，采用典型的黑帮手法，对欠债者施用暴力，拳打脚踢，只不过其中加入了科技进步的元素。

通过对 Skype 的使用，犯罪组织毫不含糊地展示了自己与时俱进的能力。黑帮的成功与其非凡的灵活性紧密相连，其典型的机会主义架构多年来一直可以轻松适应任何体系。在很多情况下，他们甚至能跑赢时间，以制胜的本领提前行动。据估计，国际黑帮的核心成员之间早在 2003 年就开始采用 VoIP 技术通话，甚至早过任何一个公诉机构对此类工作方式的设想。

脸书及其使用频繁的聊天室也堂而皇之地被用于帮派内部的通讯。这些技术服务都可以躲过 GSM 数据和电话双驳线的拦截。

反黑手党总部的助理法官毛利奇奥·德·陆齐亚也很清楚这一点。他在2012年9月26日的《快报》周刊上并不避讳这一点，直言这一现象令人担忧：“我们在巴勒莫和那不勒斯开展的调查均显示，黑手党或卡莫拉成员，尤其是那些年轻成员，都在使用脸书联络。留守自己地盘的帮派成员和帮派逃犯之间也采用这种方式联络。”

有趣的是，这一现象和罪犯的年龄关系密切。娃娃罪犯们更加倾向于使用互联网，而老一代成员对网络仍然有相当的保留。“当年轻人自然而然地使用社交网络的时候，”德·陆齐亚说，“老一代黑帮成员显然还没有作好准备。然而，逃犯或者老帮派分子要想在自己的地盘上做事必须依赖此工具，因此他们不得不学习脸书或者 Skype 的使用方法并应用之。”

然而，德·陆齐亚认为：“脸书是一把双刃剑。一方面，它既是一种有效的工具，令交流更加迅捷；另一方面，对于犯罪团伙的成员而言，通过社交网络联系并不安全。”该法官提到了“地理标记”的陷阱。作为纯粹的社交网络，脸书还向用户提供地理标记服务，定位每一条消息更新的发送地点，以方便用户和朋友分享自己的所在地。有的逃犯就是因为胆大包天地在脸书上发布照片才被绳之以法的。由此，德·陆齐亚坚持认为：“犯罪分子之所以一直使用 Skype 谈生意，正是看中了该工具难以被拦截的特征。”

然而，犯罪组织的新宠并非脸书，也非 Skype。他们将目光转移到移动科技上。近年来，这一领域在技术创新的层面上经历了最为意义重大的变化。智能手机迅速普及，超安全的新型瞬时通讯工具随之火爆起来。

如今，黑帮组织主要采用 WhatsApp 和 Viber 联络。这两个相当普及的应用软件通过手机数据连接运作，而非经由电话线路。两个无法渗透的系统将通话转化为不可解码的位元。

专门与犯罪分子作斗争的欧洲刑警组织Europol在一份关于意大利犯罪组织的翔实调查报告——《2013年威胁评估：意大利团伙犯罪》中写道：

> 互联网无可争议的扩张为我们的生活带来了正面影响，为公民和企业提供了大量新机遇，比如信息数据的安全交换（得益于Skype、Viber、WhatsApp等应用软件所提供的加密信息服务）。然而，同样的机遇也适用于犯罪组织，成为他们从事肮脏生意的便捷工具。每一项有效对抗犯罪组织的策略都必须将这一关键因素考虑进去。获利轻松，调查困难，运作匿名，对意大利黑帮而言都是不可避免的诱惑。虽然这一新威胁的属性和实质还不十分清晰，但呈现不断增长的趋势。意大利黑帮对于

拓展新市场始终保持先锋态度，由此我们可以预见，在不久的将来，他们必定会增加在这一领域的投入。

有一份调查报告因其涉案人物的名气而广为人知，个中揭露了犯罪组织钟情于使用 Skype 和 WhatsApp 的事实。该调查聚焦赌球事件，发起于 2011 年，行动代码为“最后赌注”，最终令多名著名职业足球运动员因参与体育欺诈而锒铛入狱。该犯罪组织只通过 Skype 和 WhatsApp 这两种通讯工具联络，以防止通讯内容遭拦截。最后是寥寥几条传统的 SMS 短消息和几通无法避免的电话出卖了被调查者。除此之外的通讯内容都在安全的屏障内手舞足蹈。

这里是调查报告上有关球员亚历桑德罗・赞佩里尼的部分内容。他接到一个估计是人称“吉卜赛人”的马其顿球员克里斯蒂安・伊利埃斯基打来的电话，后者因涉嫌在意大利足球联赛中打了几十场假球而遭到起诉。

> 赞佩里尼：哥们，我给你发了……我给你发了。
>
> 对话者：发了啊……好的，我手机没电了。
>
> 赞佩里尼：好的，没关系。你回头再……我现在去训练了，你回头再看吧。今天晚上 Skype 上再聊。

初审法官表示："对该通话的拦截促使我们进一步窃听这名马其顿球员的电话。这段通话内容和我们在调查阶段所获得的线索相吻合，暴露了通话双方达成一致，利用'安全'的多媒体通讯工具（Skype、One）进行沟通，以便绕开电话监控。"

有关 2.0 工具被用于犯罪用途的调查和故事凸显出犯罪组织对于安全的考虑。这些工具植入犯罪组织，营造了安全的网络环境，使得黑帮更加固若金汤，更加厚颜无耻地进行犯罪活动。这种安全感比一台电脑显示器所能赋予你的要强大得多。

躲在那个发光的长方体后面，感到安全是很平常的事情，无论你是犯罪分子还是平民百姓。好像每一个像素都可以掩护你，保护你不受外界的侵扰；好像每一样东西都在那个电阻器和电容器的组装物里出生和死亡；好像每一次虚拟行动都可以留在真实生活之外，永远不会干涉你的日常生活。

躲在电脑屏幕后面，一切都显得那样简单。可以无所顾忌地辱骂，因为你在论坛上攻击别人时，不会遇到被人一拳击中下巴的风险；可以义无反顾地表白，因为在匿名聊天室里不存在任何禁忌、任何胆怯、任何羞涩，即便是你最呆头呆脑的朋友，那种平时不可能有机会讨到女孩子欢心的朋友，也能够在互联网上忘却各种阻隔；可以轻而易举地伪装，因为在论坛或者网络上其他什么地方写下的句子不会暴露你的所作所为，不会欺骗你的情感。

在这个世界上很少有其他事物可以提供电脑显示器所给予你的那种直白的保护。那是一种高度保护，向你灌输着一种奇怪的自由感，将你一路推向深处而无所畏惧。如此强大的保护也让犯罪组织获得了巨大优势。例如，毒品交易市场得到迅速成长，将安全和谨慎赠予在聊天室而非在马路上购买毒品的吸毒者；黑帮内部通讯得到巨大改进，将帮派藏匿于加密的编码后面无从追踪。于是，互联网将黑帮转化为氮气。

尾声　点燃我的火

放过我的幻想。

——乔治 · 西默农①

① Georges Simenon（1903—1989），比利时法语作家，创作了一系列侦探推理小说。

那天是星期一，齐柯的状态不太好，不知是因为AC 米兰又输了球，还是因为周末他又嗨过了头。我只知道他耷拉着眼皮，费力地同我讲话。我尽量少问问题，随他自己说，如果他愿意的话。

今天早上布鲁诺很早就过来了。那时候天还没亮，路灯都还开着。他有一只眼睛被人揍花了，这回他差点没被那些厄瓜多尔人要了性命。也许终有一天他会接受教训，最好还是不要和塞斯托圣乔瓦尼那帮人随便开玩笑。不过，他出门总是口袋里藏把刀，脑袋里尽是想些比他的年纪要大得多的想法。“总有一天他会闯大祸的。”齐柯喃喃地说，顺手关上了打卡布奇诺奶泡的蒸汽手柄。

我像往常一样喝了一杯玛奇朵。我透过酒吧的窗户，隐约看到外面有一台警车在马路上穿行。蓝色的警灯为这个灰蒙蒙的星期一增添了些许色彩，而警笛声已然被科尔维托广场上的喧闹声淹没。

我猛然想起帕索维奇奥，想起那次从远处传来的零星警笛声，在20年前的那个晚上令毒贩受惊。我随之想起安德烈，如果他还在世的话，不知道现在会在做什么，不知道是不是真的会娶弗朗切斯卡为妻。我的脑海中浮现出他在舅舅瓦尔特的修车行里忙着为老家的少年修摩托车的场景。他就在那里，脏兮兮的手上沾满了机油，嘴上叼着一根蓝波迈。我告诉他，帕索维奇奥的毒贩子早就不在了，互联网改变了毒品世界。而他没有回答，只是冲着我笑，一边抽烟，一边笑。

我沉浸在自己的思绪中，突然听到齐柯的声音，就好像那种将你从梦中叫醒的声音。我抬起头看着他。他对我说："你手机在响，你没听见吗？还没睡醒呢？"

我拿起手机一看，是马蒂亚。我接通电话，还没从自己的思绪中回过神来。马蒂亚上气不接下气，每说两个字都要喘一下。他告诉我，我们的网球训练要中断了，因为他不出一个月就要离开伦巴第大区。他要搬去罗马，搬去他妻子的城市。我为他高兴，知道他为此心心念念了很久，不过我也立刻意识到我将失去在米兰为数不多的朋友之一。我挂断电话，回到自己的思绪中，回到帕索维奇奥，回到安德烈那里。我发现他还站在原地，站在修车行的铁器之间。他穿着蓝色工装，两边裤腿膝盖都磨烂了。他在听大门乐队的《点燃我的火》。他抬起右手，好像要跟我告别，随后便消失了。

我从酒吧出来，漫无目的地走在路上。这个一月的星期一是那么毫无意义。我闪避着快速奔跑的人们，他们被工作占据太多的时间，根本无暇顾及生活。而我现在只想就这样走着。今天，我会走很长很长路，脑袋里回响着主唱吉姆·莫里森的嗓音。《点燃我的火》。

参考资料

我在最后这部分列出了写作《氮》所使用的参考资料，包括纸质和数字媒体上的书籍、文章、网站，以及与一名邮政警察的对话。

序幕

Nicola Gratteri, Antonio Nicaso, *Fratelli di sangue*, Pellegrini Editore, Cosenza 2006.

Il tenente "Petrusinu" che arrestò u "Zirru", 《Il Crotonese》, 4 febbraio 2010.

第一章

Luca Rastello, *Io sono il mercato*, Chiarelettere, Milano 2009.

Paolo Berizzi, Antonello Zappadu, *La bamba. Dalla foglia al naso del mondo. Viaggio nella《via della coca》e nelle vite dei suoi schiavi*, Dalai, Milano 2012.

Roberto Saviano, *Zero Zero Zero*, Feltrinelli, Milano 2013.

L'e-commerce della droga? Funziona, vi spieghiamo come, 《La Stampa》, 10 gennaio 2013, http://www.lastampa.it

Bitcoin, tutti i rischi della cybermoneta, 《l'Espresso》, 9 dicembre 2013, http://espresso.repubblica.it

Come è stato preso il capo di Silk Road, 《il Post》, 4 ottobre 2013, http://www.ilpost.it

An Interview With A Digital Drug Lord: The Silk Road's Dread Pirate Roberts (Q&A), 《Forbes》, 14 agosto 2013, http://www.forbes.com

Meet The Dread Pirate Roberts, The Man Behind Booming Black Market Drug Website Silk Road, 《Forbes》, 14 agosto 2013, http://www.forbes.com

Giovanissimi vendevano droga tramite Facebook. Tre arresti, 《La Nazione》 ed. Firenze, 28 marzo 2011, http://www.lanazione.it

Vendeva hashish a minori. Trattative su Facebook, 《La Nazione》 ed. Umbria, 6 settembre 2010, http://www.lanazione.it

Ariano: spaccio di droga su Facebook, due arresti, 《Corriere dell'Irpinia》, 23 marzo 2013, http://www.corriereirpinia.it

Droga: mamma su Fb, 《So nomi spacciatori》, Ansa, 24 ottobre 2013, http://www.ansa.it

Cos'è davvero Silk Road, l'Amazon delle droghe, 27 settembre 2013, http://www.linkiesta.it

How To join the《Silk Road Anonymous Marketplace》AKA Online Black Market, http://hiddenessay.weebly.com

Traveling the Silk Road: A measurement analysis of a large anonymous online marketplace, 28 novembre 2012, http://arxiv.org

Come funziona Bitcoin? Le nozioni di base per un nuovo utente, http://bitcoin.org

Top 100 Richest Bitcoin Addresses, http://bitcoinrichlist.com

Narcotraffico online, smantellato un mercato da 1 miliardo di dollari ramificato in 35 Paesi, 19 aprile 2012, http://it.ibtimes.com

Torino, ordinavano droga su Facebook. Smantellate due bande criminali albanesi, 5 luglio 2013, http://www.adnkronos.com

第二章

Kevin D. Mitnick, *L'arte dell'inganno – I consigli dell'hacker più famoso del mondo*, Feltrinelli, Milano 2005.

Wallace Wang, *Il manuale del giovane hacker. Tutto quello che avreste voluto sapere su internet e nessuno vi ha mai detto*, Tecniche nuove, Milano 2006.

Salvatore Aranzulla, *Super hacker. I segreti della sicurezza nella nuova era digitale*, Mondadori Informatica, Milano 2012.

Misha Glenny, *Mafia.com*, Mondadori, Milano 2012.

Vicesindaco di Gorizia vittima del《furto d'identità》,《Il Piccolo》, 14 ottobre 2013, http://ilpiccolo.gelocal.it

Gli italiani e il furto d'identità. Una radiografia sconsolante, 《La Stampa》, 19 gennaio 2011, http://www.lastampa.it

È stato l'anno nero dei furti d'identità. Uno ogni tre secondi, 《Corriere della Sera》, 27 febbraio 2013, http://archiviostorico.corriere.it

Truffe, ecco come ci rubano i risparmi rovistando nei rifiuti, 《il Giornale》, 13 maggio 2011, http://www.ilgiornale.it

Conversazione fra l'autore e un agente della Polizia postale avvenuta nella primavera del 2013 a Busto Arsizio (Varese).

Tutto sul furto di identità, http://it.norton.com

E-commerce in Italia 2013, Casaleggio Associati, http://www.casaleggio.it

Guida al Furto d'Identità, http://www.adiconsum.it

Internet: Adiconsum, un 《navigatore》 su 10 vittima di furto d'identità, 30 settembre 2013, http://www.adnkronos.com

Furto di identità: non permettere che succeda a te, http://assets.fellowes.com

Testimonianze di persone che hanno subito un furto d'identità, http://www.denunceitaliane.it

Trashing, il furto dei dati personali rovistando nella spazzatura, 8 settembre 2010, http://www.politicamentecorretto.com

L'evoluzione degli attacchi di phishing 2011-2013, Kaspersky Lab, http://newsroom.kaspersky.eu

第三章

Norton Cybercrime Report 2012, Symantec, http://it.norton.com

World Drug Report 2012, United Nations Office on Drugs and Crime, http://www.unodc.org

La evolución de Internet en 10 años – Infografía, 27 agosto 2013, http://www.ticbeat.com

Testimonianze di persone vittime di annunci-truffa, https://it.facebook.com/leiene/posts/10151597064030530; http://www.occhioallatruffa.net/?tag=postepay

Testimonianze di persone truffate per le case vacanze, http://it.answers.yahoo.com/question/in-dex-?-qid-=20130726135224AAr6J8Q

第四章

Hans Sjögren, Göran Skogh, *New Perspectives on Economic Crime*, Edward Elgar Publishing, Cheltenham（Gran Bretagna）2004.

Rubati i dati di 8 milioni di clienti Best Western:《È tutto a posto》,《la Repubblica》, 25 agosto 2008, http://www.repubblica.it

Eight million people at risk of ID fraud after credit card details are stolen by hotel chain hackers,《Daily Mail》, 25 agosto 2008, http://www.dailymail.co.uk

Hackers steal details of Best Western hotel guests,《The

Telegraph》, 27 agosto 2008, http://www.telegraph.co.uk

Colpo del secolo dai bancomat di 47 Paesi. Rubati 45 milioni di dollari, cellule anche in Italia, 《Il Sole 24 Ore》, 10 maggio 2013, http://www.ilsole24ore.com

Arrestato a Fiumicino pirata informatico, 《Corriere della Sera》, 18 dicembre 2009, http://www.corriere.it

Cybercrime organizational structures and modus operandi, 15 luglio 2008, http://www.net-security.org

Cyber-capos: How cybercriminals mirror the mafia and businesses, 16 luglio 2008, http://news.cnet.com

Clienti Best Western nelle mani di un cracker, 26 agosto 2008, http://www.tomshw.it

Adobe vittima di hackeraggio: rubati 3 milioni di dati e numeri di carte di credito, 4 ottobre 2013, http://www.ispazio.net

Adobe To Announce Source Code, Customer Data Breach, 3 ottobre 2013, http://krebsonsecurity.com

'Ndrangheta dietro a banda carte credito clonate, 18 maggio 2010, http://archivio.antimafiaduemila.com

间奏

La nuova Gomorra, 《l'Espresso》, 19 marzo 2009, http://espresso.repubblica.it

第五章

Giancarlo De Cataldo, *Romanzo criminale*, Einaudi, Torino 2002.

Piero Colaprico, *Arrivano i NAM*, Inediti d'autore – Corriere della Sera 2011.

Baby gang incastrata grazie al web, 《il Giornale》, 8 settembre 2011, http://www.ilgiornale.it

Si vantavano delle rapine su Facebook. Presi i 《bulletti》 del Gratosoglio, 《Corriere della Sera》 ed. Milano, 7 settembre 2011, http://milano.corriere.it

La guerra multietnica delle giovani bande, 《la Repubblica》, 22 marzo 2010, http://www.repubblica.it

Massacrato perché gay, babygang a Milano in stile Arancia meccanica, 《il Fatto Quotidiano》, 30 settembre 2013, http://www.ilfattoquotidiano.it

《Ricchione di merda ti ammazzo di botte》, babygang a Milano. Violenza e odio razziale, 《il Fatto Quotidiano》, 1° ottobre 2013, http://www.ilfattoquotidiano.it

Baby gang imitava Banda Magliana, presi, 26 giugno 2012, http://www.ansa.it

Camorra su Facebook, la Polizia postale: 《Web usato per lanciare messaggi》, 《Il Mattino》, 7 gennaio 2011, http://www.ilmattino.it

LATIN KINGS ITALIA, http://www.youtube.com/watch?v=E7vFnvn6I58

Dai Latin King a Ms13, la guerra delle gang per Milano, http://www.linkiesta.it

Baby gang a Pescara, la frase sul profilo Facebook:《Dio perdona, la banda no》, 19 giugno 2013, http://ilcentro.gelocal.it

Pagina Facebook《Malavita Calabrese》, https://www.facebook.com/pages/malavita-calabrese/205415606167344

《Oggi sabato 25 luglio 2009, la fan page su Totò Riina è stata chiusa. Grazie a voi》, https://www.facebook.com/note.php?note_id=106747406601&id=109426777441&ref=mf

第六章

Su Skype il boss è imprendibile,《la Repubblica》, 14 febbraio 2009, http://www.repubblica.it

Mafia: arresto Falsone, il boss con il nickname che telefonava con Skype,《la Repubblica》ed. Bari, 26 giugno 2010, http://bari.repubblica.it

Il latitante è su Skype,《l'Espresso》, 26 settembre 2012, http://espresso.repubblica.it

Privacy e Skype: la lettera aperta indirizzata a Microsoft, 25 gennaio 2013, http://www.ilsoftware.it

Cropani (CZ), arresti usura: via Skype gli ordini da Milano, 31

maggio 2013, http://www.strill.it

Threat Assessment – Italian Organised Crime, Europol, giugno 2013, https://www.europol.europa.eu

图书在版编目（CIP）数据

氮：犯罪 2.0/（意）西蒙内塔著；邓婷译. -上海：
上海文艺出版社.2015.12
(新视野人文丛书)
ISBN 978-7-5321-5790-7
Ⅰ.①氮… Ⅱ.①西…②邓… Ⅲ.①纪实文学-意大利-现代
Ⅳ.①I712.55
中国版本图书馆 CIP 数据核字（2015）第 279744 号

出 品 人：陈　征
责任编辑：曹　晴
封面设计：朱云雁

氮
——犯罪 2.0
〔意〕西蒙内塔 著 邓　婷 译
上海世纪出版集团
上海文艺出版社 出版
200020 上海绍兴路 74 号
上海世纪出版股份有限公司发行中心发行
200001 上海福建中路 193 号 www.ewen.co
上海文艺大一印刷有限公司印刷
开本 889×1120　1/32　印张 7.25　插页 5　字数 89,000
2016 年 1 月第 1 版　2016 年 1 月第 1 次印刷
ISBN 978-7-5321-5790-7/C・52　　定价：45.00 元

告读者　如发现本书有质量问题请与印刷厂质量科联系
T：021-57780459